真珠郎

横溝正史

角川文庫
20941

目次

真珠郎

序詞

真珠郎《しんじゅろう》はどこにいる。

あの素晴らしい美貌の尊厳を身にまとい、如法闇夜《にょほうあんや》よりもまっくろな謎の翼にうちまたがり、突如として世間の視聴のまえに躍りだしたかと思うと最初は人里離れた片山蔭に、そしてその次には帝都のまっただ中に、世にも恐ろしい血の戦慄を描き出した奇怪な殺人美少年。いったい、あいつは、どこへ消えてしまったのだろう。

美貌というものは時によると、もっとも人眼につき易い看板みたいなものである。殊に真珠郎の場合はそうであった。彼の特徴のある美貌はあらゆる新聞に掲げられ、あらゆる人々の口から口へと喧伝《けんでん》された。そういう眼に見えぬ網の目を潜って完全に世間から隠れおおせるということは、それ自身がひとつの奇蹟みたいなものだった。しかも真珠郎は見事にその奇蹟を演じおおせたのだ。

蠟《ろう》のように白い両手を、一人ならず二人三人まで、殺人《ひとごろし》の血で真紅に染めながら、あれよあれよと立ち騒ぐ世間を尻眼に彼はまるで空気のように消えてしまった。大海に垂らした一滴の水のように、完全に世間の視聴の外へ姿を隠してしまったのである。まったく、魔法使いも及ばぬほどの巧妙さだった。

なんという不思議な男だろう。なんという恐ろしい男だろう。世間が瞠目《どうもく》したきり、言う言葉も知らなかったのは、まことに無理からぬ話だった。

しかし、だいたい真珠郎という、少なからずロマンチックな名前を持ったこの男は、その出生からして既に、世にも怪奇な、伝奇的色彩につつまれていたのである。

第一彼には真珠郎という呼名があるだけで姓もなければ、むろん籍などどこにもない。つまり彼は最初からこの世に、まるで存在しなかった人も同じなのだ。

まったく、突如として黒い飆風《ひょうふう》が捲き起こるように、血の衝動に狂いたった彼が、あの恐ろしい最初の惨劇を演じるまでは、世間にはそういう人間の存在していることを知る人すら極くまれだったのである。

真珠郎だって？

いったい、そんな人間がほんとうに生きているのか。それは夏の夜の幻想ではなかったのか。あの大自然の非常時に畏怖した人々が、その瞬間われわれにもなく空中に描き出した、ひとつの蜃気楼《しんきろう》的な存在ではなかったのか。

世間にはそういう疑問を抱いている人々も少なくないようだ。しかし、私はそれらのひとに向かって、断乎として「否！」と答えることが出来る。なるほど最初の惨劇の当時の、あの怖ろしい周囲の光景は、われわれにとっては、狂おしいほどの大きな衝動だった。私は敢えてそれを否定しようとは思わない。しかしその時私たちは、理性をすっかり失いきっていたわけではないのだ。われわれにはまだ多分に物を判断する力が残っていた。

だから私はここに、ハッキリと断言することが出来るのである。真珠郎はたしかに生きていた。われわれが恐怖のあまり虚空に描きだした幻でもなければ夢でもない。彼はたしかにわれわれと同じように、空気を呼吸し、水を飲み、食物を摂取して生きていた、現実的な存在だったのである。

もし諸君が求められるならば、私はいくらでも、彼の生存を立証する証拠の品々をお眼にかけることが出来る。だが、ここであまりお先走りをすることは控えよう。

唯一言、私がはじめてこの不思議な男を垣間《かいま》見たときの、あの骨の髄まで冷たくなるような、恐ろしい印象をお話しておいて、それから、この物語の本題に入ることにしよう。

私は今でも、あの時の光景をハッキリと眼のまえに思いうかべることが出来る。それは古色蒼然たる浮世絵というか、それとも霧に包まれた宝石というか——ひそやかに燃えあがる光沢と、手摺れのした美しさをうちに包んだ、妙に人の心をしびらせるような、一種名状しがたい、頽廃的な印象だった。

それはある山国の湖畔における、森沈たる真夜中のことなのだ。私はゆくりなくもその柳の樹のしたに、眼もあやに飛び交う無数の蛍火につつまれて、蹌踉《そうろう》として立った真珠郎のすがたを垣間見たのである。

その時彼は、たったいま、湖水の底から這い出して来たもののように、全身ビッショりと水に濡れていた。そして、柳の樹に斜めに支えた体は、まるで瘧《おこり》を病む者のようにはげしく顫《ふる》えていた。

それにしても私は、あんなに恐ろしい蛍の群を見たことがない。ちょうど夏の夕方など、よく軒端に見かける蚊柱のように、縺《もつ》れあい、絡みあいながら、無数の火の柱となって、この不思議な男の周囲を飛び交っているのだ。どうかするとこれらの柱から引きはなされた一団の蛍が、鬼火のように青白く燃えながら水のうえに落ちたかとおもうと、そこからまた無数の光の破片となって、パッと四方に飛び散ることもあった。

真珠郎はこういう蛍火のまんなかに立っていた。その顔色はまっさおだった。それは必ずしも蛍火のせいばかりではなかったらしい。彼が顫えるたびに、水に濡れた草色の洋服が飴のようにひらひらと輝いた。そしてポタポタと全身から落ちる水滴《しずく》は、鮫人の涙のように、そのまま凝《こ》って、美しい珠となるのではないかと思われたくらいである。

真珠郎はやがて、つと手を伸ばすと、眼のまえをとぶ蛍をつかんだ。そしてそれを口の中に放りこんだ、するとどうだろう、彼の頰は透きとおる蛍の火にちょうど鬼灯《ほおずき》の実のように美しく輝いたのである。

第一章　ヨカナーンの首

X大学の英文科に講師として席をおいている私、椎名耕助《しいなこうすけ》は、今まで自分を運命論者《フェータリスト》だなどと思ったことはいちどもない、寧ろその反対に、学校における私の評判は、大変散文的で、且つ実際的な人物であるということになっているらしい。私自身もそういう評価に対して、別に不服はないし、いやむしろ、それを誇りとしているくらいの人間なのだ。

しかし、あの年の七月のはじめごろ、九段の高台から、遥か西の空に望見した夕焼け雲の形だけは、ひどく暗示的であったと、今でも私は、思い出す度に妙な気がしてならないのである。

その時私は、いつものように牛込見付から偕行社の横へ抜け、靖国神社のまえを斜めに突っ切って、一口坂《ひとくちざか》のほうへ出ようとしていた。この道順はその日まで三年あまり、殆ど毎日のように私の通い馴れた道なのである。大村益次郎の銅像を横眼に睨みながら、ゆるやかな九段の坂を登る。大鳥居のまえを横ぎって、斜めに電車通りのほうへ出る。

これが判で捺したような毎日の私の道順なのだが、ここで私には、いつの間にか、つぎのような習慣が出来ていたのである。大鳥居のまえを横ぎってしまうまえに、私は必ず一度、歩調をおとして帽子をとるのだ。こんな習慣がいつ頃から出来たのか、自分でもよく記憶していない。しかしよく気をつけているとお天気が悪くて、両方の手が塞がっているとき以外には、必ずあの大鳥居のまえで帽子を脱ぐようだ。最初は敬神の念から出発したのかも知れないが、今では殆ど無意識化された動作となっている。あるいは、あの坂を登るときの心臓の働きを、ここで調節しようとして、ちょっと一服するのかも知れない。

それは兎も角、その日も私はそこまで来ると、いつものように歩調をゆるめて帽子をとった。そして何しろ暑い日であったから、その帽子で軽く胸をはたくようにしながら、ふと私は、招魂社の雑木越しに、その雲を見たのである。

梅雨《つゆ》の名残りが、どこかまだその辺にさ迷っていそうな、妙に蒸し暑い夕方だった。西の空いったい、目の細かい銀粉を撒き散らしたように、どんよりと煙っていて、その中に唯ひとつ、その奇妙な雲だけが、むくむくと黒い雑木林のうえに頭をもたげていたのである。

その時私は、まったくどうかしていたのに違いない。二、三日頼まれて夜学の試験に立ち会ったり、その答案を徹夜で見させられたりしたので、神経が疲労していたのかも知れない。兎に角私は、その雲を見ると思わずぎょっとしてそこに足をとめたのである。

それはちょうど、人間の首とそっくり同じ恰好をしていた。横向きになった鼻の高い、額のひろい、そして長く伸ばした髪の毛を首のあたりで縮らせた、そういう恰好の雲が、黒い雑木林のうえに、西日をうけて真《ま》っ紅《か》に、それこそ血が垂れそうなほど真っ紅に燃えているのである。しかもその首の切れ目にあたるところに、横に一文字に、別の雲が棚引いているのが、ちょうど一枚の盆か皿のように見えるのだ。つまりその雲は、盆の上にのせて、サロメの前に差し出された、ヨカナーンの首と、そっくり同じ恰好をしているのだった。

「あっ！」

私は思わず息をとめてそこに立ち悸《すく》んでしまった。嗤《わら》ってはいけない。その時の私の、妙に鬱血したような物憂い精神状態にとっては、この雲の形が、なんともいえぬほど不吉なものに感じられた。全く胸が塞がれるような、空虚な感じだったのを、今でもハッキリと私は記憶している。

「やあ」

と、その時あの男がうしろから、肩を叩いてくれなかったら、私はいつ迄もそこに立ち悸んでいたかも知れないのだ。

「どうかしたのですか。何を見ているんです」

そう言いながら前に廻って、私の顔を覗き込んだのが乙骨《おっこつ》三四郎だったから、私がそもそもこの恐ろしい事件に首を突っ込むようになったのは、実にその時、宙に浮いたヨカナーンの首のせいだったと言っても、必ずしも間違いではないのである。

「あ、いや」

私はいささか極まりが悪かった。どぎまぎとしながら、あわてて、

「あの雲を見ていたのです。ほら雑木林のうえに見えるでしょう。ちょうど人間の首のような恰好をしているじゃありませんか。ヨカナーンの首ですね、あれは……」

乙骨三四郎は驚いたような顔をして、私の指さす方を見たが、すぐと首を振りながら、

「私にはそうは見えませんね。むしろ駱駝《らくだ》みたいじゃありませんか」

「ははははは、そうかも知れません。私はよっぽどどうかしているのですね。今ね、あの雲を見て、ポタポタと血の垂れる人間の生首を連想していたのです、ああ厭だ。時にどちらへ？」

「疲れてるんですね。そういえば少し顔色が悪いですよ。あまり勉強が過ぎるんじゃありませんか。たまには休養をしなければいけません。わたしですか。わたしはちょっとこの先の知人のところまで」

私たちはそこで当然、肩を並べて歩き出すことになった。

いったい、この男とこんなに馴れ馴れしく口を利くのはその時がはじめてだった。乙骨三四郎もやはり私と同じ私立大学に講座を持っているのだが、専門が違うから、学校で会っても殆ど口を利くことはない。彼は東洋哲学を講義しているのである。

私は彼が、さっきのことを変に思ってやしないかと気になったので、いくらか弁解するような気持ちでいった。

「私はね、子供の時から雲を見るのが好きなんですよ。殊に夏の雲はいいですね。尤も東京にいては、あまり変わった雲の形も見られませんがね。私の郷里——中国の山の中

では、実にいろんな雲を見ることが出来ますよ。だから私は毎年いまごろになると、どこか山の中へ逃げだしたくなります。郷愁とでもいうのですか。矢も楯もたまらず、旅行をして見たくなることがあります」

「お国は中国ですか」

「そうです。岡山のずっと奥、むしろ山陰に近いほうです」

「私は東北ですがね。あなたは日本海を見たことがありますか」

「いや、知りませんね。海という奴をあまり知らないのです。太平洋なら、汽車の中からちょっと覗いてみたことがありますが」

「東海道線ですか。あの汽車の中から見る海なんてものは、箱庭みたいなものですね。実に穏かで、暖かそうな気がするでしょう。それに較べると私の郷里の海など、何かしら鋭い圭角の多い人格を感じさせるような気がしますね。人に捨てられ、うらぶれて苛々している、そういう感じです。人間などもその通りなんですよ。なにしろね、土地が痩せて、光線が乏しいでしょう、他人を押し倒してでも、自分の土地を稔らせる工夫をしなければ生きていかれないのですよ、私なども」

　と、乙骨三四郎は夕陽に向かって手を振るような身振りをしながら、

「よく人から、利己主義者《エゴイスト》だといわれます。だが仕方がないのですね。あの暗い郷里の海と山のことを考えると、せめて自分だけは一等人種にならなければという気がします。人のことなんか構っていられるもんか。他人《ひと》を押し倒してでも、自分だけは出世しなけ

ればならぬという感じに打たれますね」

　私は驚いて彼の顔を見直した。どうして彼が、あまり懇意でもない私に向かって、こんなことを饒舌《しやべ》る気になったのか、私にもよく分からない。全く彼の饒舌《じようぜつ》には、どこか憑かれた人間のように、一種異様なところがあった。

「嗤っちゃいけませんよ。あなたは私の学生生活がどんなに惨めなものだったか、御存じないからそんな妙な顔をなさるんです。じっさい、私のように窮迫した生活を送って来た人間には、世の中のあらゆることが金というメドで計算されます。金のない青春、それがどんなに佗しいものか君は知っていますか。じっさい、私には青春なんかなかったというよりほかはない。しかし見ててごらんなさい。私はいまに絢爛《けんらん》たる生活を自分の周囲につくってみせる。私のこの才智と肉体とで──」

　乙骨三四郎はそこで立ち止まると、ふとあたりを見廻した。

「おや、お饒舌《しやべり》をし過ぎて、思わず来過ぎちゃいました。じゃ失敬。私の話にとらわれちゃいけませんよ」

　そういいすてると彼は、さっさと大股に電車道を横ぎって向こうの横町へ消えてしまった。私はちょっと煙《けむ》に巻かれたような形だった。全く妙な男だと思った。

　もしその時誰かが私の肩を叩いて、遠からず君はあの男と世にも恐ろしい冒険の数々をともにするだろうなどといおうものなら、私はきっと真っ赤になって憤慨したに違いない。

ところが事実はこうなのである。それから十日ほど経って私はまた乙骨三四郎と語り合う機会があった。その前に、私の別の友人が、彼について話してくれた批評の言葉をここに書止めておこう。

「あの男はね、あまり物質的に困窮したものだから、人間がすっかり critical になってしまったのだよ。素晴らしく頭脳《あたま》のいい男だ。自分でもそれを意識しているんだ。だから自分のような秀才がこんなに困っているのに、何んのとりえもないぐうたらな連中が贅沢な生活をしているのは不合理だというのだ。あいつの物の観方というのは万事それなんだ。仮借するということを知らぬ性質らしい。誰かがあいつを目して警吏になったらよかろうと批評したが、蓋《けだ》し適言だね。尤もそうなると、随分酷薄な警吏が出来あがるだろう。はははははは」

ところで、私が二度目に彼と話し合ったのは、ある講演会の帰途《かえり》だった。私はそこで『トマス・ハーディの人と芸術について』という演題のもとに、一席の講演をしたのだが、はからずも同じ会で、乙骨三四郎も印度哲学かなにかに就いて話したのである。

その帰途《かえり》、私は誘われるままに喫茶店へ寄って、一杯のコーヒーを飲んだ。

「どうです。その後、ヨカナーンの首は現われませんか」

乙骨がからかうように言った。

「有難う。お蔭でね。この頃は専らサロメの乳房のほうに悩まされていますよ。はははは」

「結構です。そういえば顔色がよくなりましたね。あの時は実に悪かった。なんだかこう土色をしていた。時に旅行をしませんか」

「大いにしたいのです。しかし、どうも経済状態が許さないのでね」

「大丈夫ですよ。君たちは物の考えかたが贅沢だから、億劫になるのですよ。僕などに計画させたらいくらもかからないのです。ほんとうに旅行する気がありますか」

「それはもう」

「実は僕もこの休暇中にまとめておきたい研究があるので、どこか涼しい山の中へ逃げようかと思っているのですが、信州はどうです。行ってみる気はありませんか」

「信州はどの辺ですか」

「浅間の近所ですがね。五、六年まえに一度行ったことがあるのですが、あの辺は安いですよ。うまくやれば東京で暮らすより安くあがるかも知れない。もし君にその気があるなら、プランを樹ててあげてもいい」

　その時私は別に、ハッキリとした返事をあたえたつもりはなかったのだが、驚いたことにはそのつぎの日、学校で会うと、彼はいきなり一枚の明細書を私のまえに突きつけたのである。それはいかにも彼の性格を物語るような、実に微に入り細をうがった明細書だった。それでいてどこにも無理を感じさせないような、非常に頭脳《あたま》のいい旅行案内なのだ。

「なるほど、これくらいでいければ、東京にいるより安くあがるかも知れませんね」

「いけますとも、但し贅沢をいっちゃ限りがありませんよ。君は酒を飲まないのでしょう」

「酒も煙草も」

「なら、大丈夫ですよ。折角こうしてプランを樹てたのだから、是非一緒に行こうじゃありませんか」

私はこの男が非常にねっこい性質で、同時に暴君的な性格の持ち主であると聴いていたが、なるほどと思った。この旅行計画に関する彼の態度は、勧誘というよりも、寧《むし》ろ命令的なのだ。よくいえば明快なのだが、悪く言えば高飛車で気の弱い私などには断わりようのない程、圧倒的なのである。

しかし、結局私はこういう強い意志と性格を持っている男と、一緒に旅行をするのは決して悪い経験ではないと思った。そこで快く万事を彼に一任することにしたのである。

そしてそれから一週間ほど後、忘れもしない七月十五日の夜、東京のお盆をあとにして上野を発った私たちは、この旅の最初の目的地である信越線の某地に向かったのであった。

第二章　虹と女

この旅行の最初の部分については、私はあまり多く語ることを持たない。

乙骨三四郎はいくども言った通り、飽迄《あくまで》も暴君的で、私の意見がとりあげられるようなことは滅多になかったが、その代わり、彼のプランは実に綿密なもので、それに盲従していると、だいたいに於て満足な結果が得られるのだった。尤もいくらかflexibilityに欠けていて、窮屈な感じがしないでもなかったが、これはわれわれの懐中《ふところ》勘定からいって止むを得ないことだったのだろう。

私たちは最初の十日ほどを付近の温泉場で過ごした。それからそこに飽きるとKに移った。私たちが最初にN湖畔の話をきいたのはこのKの宿に於てであった。

「どうしてNへいらっしゃらないのですか。あなた方のような方がNへいらっしゃらないのは間違っていますよ。勉強をなさろうというのなら尚更のことです。静かですかって？　そうですね。まあ浅間でも爆発しない限りは、申し分なく静かだといえるでしょうね」

そういって、この間までNにいたということの男は、その湖畔の美しいことや浅間の眺めの変化に富んでいることや、つまり客引きとしては申し分ないほどの誇張と詠歎とをもって散々私たちの心を動かしたのだった。

「宿はありますか」

「ええ、むろん。だけどあなた方のような人は、ふつうの家を都合つけてお貰いになったほうがいいでしょうね」

「そんな家がありますか」

「探せばないこともないでしょう」

ところがここに一寸妙な事が起こった。これだけのことなら私たちの心がいくらか動いたというに止《とど》まるのだが、それから三日ほど後に、とつぜん見知らぬ男が私たちの面前に現われた。その男はNからこの土地へ日用品の買い出しに、一週間に一度くらい出て来る一種の便利屋のような者だったが、かねてN湖畔に家を持っているさる人物から頼まれて、適当な人間があったら夏中、その一室を提供してもいいというので、そういう客を物色していたところだという話なのだ。

「湖水のすぐ側にたっている家でしてね、おそらくあの辺でも一番見晴らしのいい場所でしょうね。ええ、もう、静かなことにかけては十分保証します。近所に家ってものはありませんし、それに広い邸の中に主人と姪御さんの二人きりなんですからね」

「いったい、何をする人ですか」

「鵜《う》藤《どう》さんと言って、御主人はたしか医者だということを聴きました。でも、開業しているんじゃありませんよ。もとは東京の大学かどこかにいられたんですが、二十年も前からその湖畔に引退《ひっこ》んで、本ばかり読んで暮らしているというような人です」

「家族はその人と姪と二人きりなんですね」

「ええ、たいへん綺麗な娘さんで、三、四年まえに東京の女学校を出て、こちらへ来られたんですが、その姪御さんが淋しがってね。それでせめて夏中でも人を置いたらということになったらしいんですよ。何しろ女中さんも使わずにやっていられるんですから」

　私の心は少なからず動いた。私はなにもN湖に対して特別に執着があったわけではないが、この思いつきによって、乙骨三四郎のスケジュールに狂いがくるということが愉快だったのだ。まったく私は、彼のあまり綿密すぎる計画に、少なからず窮屈さをかんじていた際だから、少しの犠牲ですむことなら、ちょっと足を出してみたくて耐らなかったのだ。

　乙骨三四郎はそういう私の気持ちを察したのであろう。白い歯をだして微笑いながら、

「いいでしょう。大して予算の狂うことじゃないのだから」

と、案外あっさりと同意の旨を述べた。

　私によって表明された意見が、異存なく彼の容るるところとなったのは、おそらくその時がはじめてだろう。私は有頂天になった。そこでNから来ているこの風変わりな客引きと、尚十分な打ち合わせをしておいて、いよいよその翌日の午後、Kを発ってNに向かう手筈を定めた。NからKまでに一日に一回乗り合い自動車がT峠を越えて往復しているのだ。

　その翌日は雨だった。春雨のような細い雨が侘しげに音を立てて降っていた。これには些《いささ》か出鼻を挫かれた形だったが、今更、約束を反古《ほご》にするわけにもいかない。私たちは勇を鼓して乗り合い自動車に身を托することになったが、ほかに相客といってひとりもなかった。乗り合いが規定の時間より少し遅れてKを出発したのは三時半を過ぎてい

た。

はじめのうち私達は、この突然の思いつきについて、いくらか後悔の色がないでもなかったが、しかし、ものの三十分もいかないうちに、私はやっぱり出て来てよかったと思ったのである。私たちの左右には、間もなく、なんともいえないほど美しい景色が展開されはじめたのだ。

T峠にさしかかったころより、雨はしだいに小降りになって来た。薄墨いろの雲の切れ目から、しだいに肌を現わしてくる浅間の山は、ちょうど剃り立ての女の眉のように青く煙っていた。この辺はもう秋の季節と見えて路の両側には可憐な秋草が一面に咲き乱れている。自動車の窓ガラスを打つ雨は、しだいに間遠になっていった。そしてT峠を向こうへ越すころには全く歇《や》んでしまって、だんだん多くなって行く雲の切れ目から、磨ぎすましたような深い群青色の空が見えはじめ、間もなく数条の金色の矢が、浅間をさっと斜めにかすめて落ちて来るのが見えた。

この自動車の途中で、これから私がお話しようとするこの恐ろしい物語に、大変ふかい関係のある人物に出会ったから、そのことについてちょっとここに書き留めておこう。

T峠を越えて間もなくのことである。私たちの自動車へ乗り込んで来たひとりの女があった。この女を、なんといって形容していいのか、私にはよく分からないのである。服装からいうとこの女は乞食にも劣っていた。着物ももんぺもぼろぼろに破れて、到るところに氷柱《つらら》のような襤褸《ぼろ》が下がっていた。油気のない頭は赤茶けて、小鳥の巣のようにもじゃもじゃとしているのだが、それがぐっしょりと雨に濡れて、髪の毛の一本一本から、ポタポタと滴が垂れている。陽《ひ》に焦げた膚は渋紙色をしていて、眼がおそろしく鋭かった。年齢《とし》はいったいどのくらいだったろうか。私は元来女の年齢を当てるのが不得手だったが、この女はいっそう分からない。ひどく年寄りのようでもあるし、また案外そうでもなさそうに見えるのである。

最初この女が狭い路の真中に立ちはだかって、両手をあげて自動車の行く手を遮ったとき、運転手と車掌の顔には、少なからず当惑の表情《いろ》が現われた。運転手はチェッと舌打をしながら、でも仕方なしに車をとめると、しばらく大声で応対していたが、女の態度にはその外貌に似合わず一種犯しがたいような威厳があった。しばらく彼女は鳥のような鋭いキイキイ声で、私たちには分かりかねることを喚きちらしていたが、そのうちに運転手は言いまけたものか、苦笑いをしながら扉《ドア》をひらいたのである。

女は全身からポタポタと滴を垂らしながら、自動車に乗り込んで来たが、さすがに遠慮したものか、座席に腰を下ろそうとはせずに、鉄の支柱につかまったまま、ガラス戸越しに外を眺めていたが、そのうちにくるりと私たちの方を振りかえると、

「あなたがたはこれからどこへ行きなさる」

と、例の鳥のようなキイキイ声を張りあげて訊ねるのである。

「Nへ行くんだよ、婆さん」

と、私は答えた。黙っているようにと車掌が眼配《めくば》せをしてくれたのだけれど間に合わ

なかったのである。

「わたしは婆さんじゃない。わたしはまだ若いのだ」と、例によって鋭いキイキイ声で「だがお前さんがた、Nへ行くのは止したがいい。悪いことは言わないここから引き返したほうがよかろう」

「どうしてだね、婆——なぜわれわれがNへ行っちゃいけないのだね」

「何故でもいけない。その理由はいえない。だがお前さんがた、Nへ行って碌なことはありゃしないよ」

「折角だが、婆——いや、小母さん、私たちはちゃんと宿を約束してあるのだ。理由もないのに引き返すわけにはいかないんだよ」

婆さんは鋭い眼でじっと私の顔を見ながら、

「お前さんは何も知らないんだ。そしてそこにいるお前さんの連れも、——お前さんたちのまえに、今にどんな恐ろしいことが降りかかって来るか。——あっ、血、血の匂いだ。わたしはそれを嗅ぐことが出来る。お前さん達の身の周囲《まわり》に、いまに恐ろしい血の雨が降る、Nの湖水が、血で真っ赤になる。ああ、恐ろしい」

婆さんはぶるると身顫《みぶる》いをした。それからもう一度、射るような眼差しで凝っと私たちの顔を眺めていたが、やがてくるりと向こうむきになると、それきり黙りこんでしまった。

私はこの気味の悪い御託宣に、恐れるというよりも、むしろ呆気にとられた形だった。

そこでもう少し、なんとかこの女の口から聞いてみようと、口をひらきかけたが、その時、乙骨三四郎がそばから激しく袖を引くのである。黙っていろという合図なのである。私は仕方なしに開きかけた口を噤《つぐ》んだ。

不思議な女はそれきり誰とも口を利かなかったが、やがて峠を半分ほど下《くだ》ったところで自動車を止めると、後をも見ずにさっさと降りていった。私はその姿が道もない原っぱの草の中に消えていくのを見送りながら、

「妙な女だね、なんだいありゃ」

「向こうへいらっしゃれば、いやでもあの女と懇意《ちかづき》になりますよ。妙な女です。まいとし今時分になると、どこかから、あの湖畔へやって来て、小屋がけで住んでいるのです。占いなどをするのだといいますが、ほんとうは気が変なのでしょうね。誰に向かってもあの調子なんですから、気になさらないように」

「山窩《さんか》といった種類の女じゃないのかね」

「そうかも知れません。でも、別に悪いことをするようでもありませんよ」

私たちはその時、この女がどんな重大な関係をわれわれのうえに持って来るか、夢にも知らなかったので、そういつ迄も彼女のことを考えているわけにはいかなかった。というのは、その時、私たちの行く手には突如として、実に何んともいえぬ程美しい景色が現われたからである。

いままで左右から押し潰すように、道の両側に迫っていた山が、そこで豁然《かつぜん》と展《ひら》ける

と、われわれの眼前に現われたのはいちめんに紫いろの花をつけた桔梗《ききょう》の原であった。そしてその緩やかな起伏の向こうに、銀と藍との縞で隈取られた美しい湖水の一部がひそやかな光を放って顔を出しているのが見えた。そして丁度、ガラスの曇りを拭ってゆくように、非常な勢いで逃げてゆく靄《もや》のあいだから、湖水は静かにその全貌を覗かせようとしている。私たちの自動車は、この美しい景色を眼前に視ながら、静かに緩やかな傾斜を下ってゆく。すると、それと同時に、湖水はちょうど、地の底から盛りあがって来るようにわれわれの行く手にもり上って来るのであった。

その時、ふいに車掌が叫んだ。

「あ、虹！」

いかにもその時、湖水から浅間の山へかけて、さっと水々しい虹が姿を現わした。虹はちょうど、いま湖水から引きあげたばかりのように、それこそポタポタと水が垂れそうなほど、鮮かな色に輝いていた。私はこの虹をもっとよく視ようとして、自動車の窓から首を出したが、するとわれわれの眼下に、不思議な建物の聳えているのが眼についた。

自動車はその時、緩やかな崖のうえを駛《はし》っていたのである。そしてその崖のすぐ麓のところまで、湖水の一部分が喰いこんでいた。その渚と崖との間の、猫の額ほどの土地に、この不思議な家というのは建っているのだ。

先ず最初に私の眼をとらえたのは、馬鹿に太い格子のはまった、妙にだだっぴろい表構えだった。格子の太さは二寸角もあろうか、べにがらが黒くすんで、その格子の中は薄暗い空気にとざされている。正面には三角の大きな破風《はふ》作りの玄関がついていて、その破風の上に、前にはおそらく、金文字かなにかで書いてあったのだろうが、その文字が剝《も》ぎとられた跡に、はっきりと型が残っているので、私たちは大して苦心するまでもなく、その文字が、春興楼《しゅんきょうろう》という三字であったらしいことを、読みとることができるのである。

この建物の不思議な構造といい、この文字といい、私はすぐに娼家を連想した。しかし、それにしては妙なのである。こんな淋しい山中の湖畔に、どうしてそのような妙な商売の家が建っているのだろう。

「妙だね。なんだかこうゾッとするような、陰惨な感じがあるじゃないか」

その時、私と首をならべてこの家を見ていた乙骨三四郎がこんな風に口をきった。

「僕はいつも、田舎のこういった、旧《ふる》い大きな邸をみると、そんな気がするのだが。——見たまえ。あの高い屋根のうえを、——眼に見えない災禍が、くろい翼をひろげてのしかかっているように見えるじゃないか。いったい、あんな家に住んでいるのは、どのような人物だろう。——おや」

乙骨三四郎はふいに言葉を切ると、自動車の窓から体を乗り出すようにした。

ちょうどその時、自動車はこの建物に沿って、湖水のほうへ迂廻するような進路をとっていた。そしてわれわれの眼前には、今まで高い屋根によって隠されていた、この建物のもう一方の側、つまり湖水に向かった側面が徐々に現われはじめたのだが、われわれはそこに思いがけなくも六角型の、ちょっと異国風な感じのする望楼を発見したのである。

望楼はN湖を一望のもとに瞰《み》下《お》ろすような位置に聳えていた。しかもその上には、今しも美しい夕焼けの栄光を満身に浴びて立っている、うら若い少女の姿があったのである。

少女はきっと虹を見るためにその望楼まで出て来たのであろう。片手を額にかざし、もう一方の手を胸のうえにおいて身じろぎもせずにつっ立っている。少し長めにカットされた断髪が、首のあたりで極く自然な、美しいカールを作っていて、からだには炎えあがるような真っ紅のワンピースを着ていた。私たちのあいだにはかなりの距離があった。しかしそれでも私は、この少女のなみなみならぬ美しさを見てとるのに大して困難を感じることはなかったのである。

少女の肌は爽やかな卵いろに輝いていた。少女の眼は、ふかい淵を思わせるような、濃い碧《あお》さに濡れていた。少女の手や脚は、なよやかな曲線をつくってのびのびと伸びきっていた。そして、そういうポーズ全体を美しく縁取りしているのは、金色燦然《さんぜん》たる折りからの夕焼け雲であった。

私は今でも眼を閉ずれば、小手をかざして虹を見ていた、あの美しい少女のポーズをはっきりと思い浮かべることが出来る。それは浅間にかかった虹よりも更に美しく、おそらく永久に私の眼底から消ゆることはないであろう。

この時、運転手がけたたましく警笛を鳴らした。するとその音にはっとしたように、しかし極く自然に、少女がこちらへ振り向いた。そして暫くじっと自動車のほうを眺めていたが、やがて合図をするように手をあげると、二、三度かるく左右にうち振った。

「あれがこれからあなたがたのいらっしゃろうという、鵜藤《うどう》さんのお邸ですよ。そして、いま手を振ったのが、姪御さんの由美さんです。随分、綺麗な人でしょう」

車掌が言ったのである。

第三章　蔵の中

鵜藤家における私たちの生活は、はじめのほど、概して満足だったといえる。

例の客引きは約束を違えず乗り合いの終点まで出迎えに来てくれていた。私たちはその男の案内によって、あらためて鵜藤家を訪れた。出迎えてくれたのは、つい先程自動車の窓から見た美しい少女の由美だった。そして彼女の案内によって、この風変わりな家の中でも、一番奥まった二階の二間が、私たちに提供された。この二間というのは、くすんだ金襖《きんぶすま》で隔てられた広い日本座敷で、われわれのような静かな起居を目的とする者には、少し広過ぎるのだが、これ以外には部屋は沢山あっても、客間として使用に耐える部屋はないという由美の弁解なのである。

全くこの家には随分沢山の部屋があった。そしてその部屋の恰好や配置の具合が、ますます私たちに、最初の印象を深くさせるのである。そしてその印象が間違っていなかったとしたら、いま私たちのために提供された二間は、おそらく、ひきつけともいうべき座敷だったのだろう。

実際、古びてくすみ果てているとはいえ、この部屋の豪勢な凝りかたは、私たちのような野暮な学究の徒を入れるのには些か滑稽なほど大仰《おおぎょう》で、どうしてもここは田舎のお大尽が若い妓《おんな》を数多《あまた》侍らせて、ドラ声の一つも張りあげねば恰好がつかぬように見えるのだ。

「どうも妙なところへ来たものですな」

「やはり妓楼か何かだったのでしょう」

「そうらしいが、こんな場所にべにがら格子の娼家があるなんて妙な話だ」

しかしあの客引きの男も保証した通り、静かさと涼しさについては申し分がなかった。涼しいことについては、むしろ申し分がなさ過ぎるくらいで、こういう家に特有の、妙にしっとりと濡れたような冷気が、家の隅々まで漲《みなぎ》っていて、どうかすると、風邪《かぜ》を引きそうなほど肌寒さを覚える位だった。縁側の障子をひらくと、すぐ足下に湖水の水がひたひたと押し寄せていて、その向こうに、気の滅入りそうな浅間の連峰が、熔岩にやかれて骨ばった姿を横たえているのである。

着いた日の晩、私たちは改めて主人の鵜藤氏と、姪の由美と懇意《ちかづき》になった。

鵜藤氏は年輩五十五、六の、頑丈な、脂ぎった体格をした人物であったが、半身不随で数年来、寝たきりだということであった。だから私たちがその後も、時々招待されるのは、いつも階下《した》の玄関わきにある、田舎風な広い座敷で、鵜藤氏はそこで、敷きっぱなしにした寝床のうえで、終日、寝たり起きたりしているのであった。

「よく来て下さった。こんな穢苦しいところへ御案内して申しわけないが、なんしろ体が不自由なもんだから、まあ勘弁して下さい」

これが鵜藤氏の私たちに向かって話した最初の言葉だった。蟹のように平たい顔をした、髭の濃い、鋭い眼付きをした男で、どことなく、粗野で精力的で、不潔な感じさえするほど水々とした体つきだった。

「お体が不自由なんだそうで、さぞお困りでしょう」

「なに、初めのうちは随分困りましたが、この頃では馴れてしまいましたよ」

「全然、体が利きませんか」

「いや、左脚と左の手首、ほら、ここから先ですな、これだけが利かぬだけで、だから不自由を我慢すれば、杖を頼りに歩けぬこともないのですがな、この頃ではそれも面倒なので寝たきりですよ」

そんな話をしているところへ、由美が膳のこしらえをして入って来た。

「明日からはお部屋の方で差し上げることにしますが、今夜はお近付きの印にひとつ、穢苦しいところで食べて戴きましょう。構わんでしょうな」

「結構ですとも。でもこんなに御馳走して戴いちゃ恐縮ですな」

この最初の晩餐については、これ以上、あまり多く語ることはなかった。ただ、鵜藤氏の前身について、次のような会話があったのを記憶しているのみである。

「あなたは医者の勉強をされたそうですね」

と、何かの拍子に乙骨三四郎が言った。

「なに、その端くれをちょっと齧《かじ》っただけですよ。尤もこれでも昔は、ひとかどの学者になるつもりで、ずいぶん勉強もしたものですが、詰まらぬことにつむじを曲げて、田舎のほうへ引っ込んでから、まるきりその方とも絶縁しました。だから人間が日一日と馬鹿になるばかりですよ。東京は随分と変わったでしょうな」

だいたいに於て、私がその時得た印象を語ると、この人は非常に激しい性格の所有者《もちぬし》らしく、ちょうどあの浅間の山のように、骨ばって、とげとげした感じが、どうかすると、さりげない会話の間から顔を見せるのだった。

それから後《のち》、暫くは別に大したこともなかった。私たちはしだいに由美と心易くなった。そして勉強につかれると、三人で湖水にボートを泛《う》かべることもあった。

由美はたいへん美しい女であった。そしてまた非常に聡明な女でもあった。だが、この少女を明朗で無邪気だったとはどう考え直してもいうことが出来ないのである。悧巧さが無邪気さを向こうへ押しやっていた。境遇からくる暗さが明朗を塗り潰していた。時によると、彼女は非常に元気に、活発に振舞うことがある。だが、その次の瞬間、ひょいと落ち込んで来る暗い思案の影は、救いがないほど絶望的に見えるのだ。

ある時由美が、湖心に泛かべたボートのなかで、こんなことを言ったことがある。

「伯父はね、たいへん気難しい人ですの。昔はあれでもひとかどの野心を持っていて、勉強なども随分熱心にしたものらしいんですよ。ところが妙な問題のために、──なんでもそれは婦人に関係した事件らしいんですが──東京にいられなくなって、こちらへ引《ひ》っ込《こ》むようになってからというもの、すっかり人間が変わってしまったという話です」

「それ以来ずっとお一人ですか」

「ええ、四、五年まえまで爺やが一人いたのですが、わたしがこちらへ来るようになってから、その爺やもいなくなりましたの」

「あなたは東京の女学校だそうですね」

「ええ、小石川のSですわ。学校を出た年に両親とも亡くなって、ほかに親戚《みより》もないものですから、止むなくこちらへ引き取られることになりましたの。それまで、わたし、母から伯父の話をきいたことはありましたけれど、会ったことなど一度もなかったのですよ」

由美はそういって、なんとなく影のある、意味の深い笑いを頰に刻んだ。

「でも、よく伯父さんの世話ができますね。こんな淋しい場所で」

「ええ、でも仕方がありませんわ」由美は長い睫毛を伏せて、

「それに伯父の世話なんて大したことありませんの。もう一人の……」

と、いいかけて由美はとつぜん、

「あら、あんな大きな鳶が」

由美の声にふと振りかえってみると、なるほど、今しも大きな鳶が、湖水から白鱗《びゃくりん》の魚をひっさげて空に舞いあがるところだった。

しかしこの時、私たちのうけた印象というものは非常に妙なものだった。由美は決してこの鳶によって話の腰を折られたのではない。彼女は何かしら、言ってはならぬことをつい言いかけたのだ。そしてはっとそれに気がついた彼女は、早速の機転で、鳶のほうへ話をまぎらせてしまったのである。

いったい、彼女は何を言いかけたのだろう。もう一人の――といいかけた彼女の言葉は、いったい何を意味するのであろう。彼女と鵜藤氏のほかに、あの春興楼にはまだ別の人物がいるのだろうか。――暫くぎごちない沈黙がその時ボートの中に落ちこんで来た。この沈黙に耐えかねたように、由美はブルッと肩を振わせて言った。

「まあ、急に寒くなったじゃありませんの、そろそろ帰ろうじゃありませんか」

このことがあってから三日ほど後のことである。私はちょっと妙なものを見た。

その日は乙骨と二人で、浅間へ登る約束がしてあった。そして私たちは途中まで出かけたのだが、そこでふと忘れ物を思い出したので、私だけが春興楼へとって返したのである。

私は急ぎあしで広い玄関へ駆け込むと廊下へあがった。とその時、奥にある蔵の中から出てくる由美とパッタリ顔を合わせたのだ。

この蔵というのは、鍵の手に立っている建物の、短い方の棟の端に立っていて、廊下で母屋《おもや》と繫がっているのだが、どういうわけか窓という窓は全部、外から厳重に眼隠しがしてあった。今、この蔵の中から出て来た由美は、庭ごしに、そこに立っている私を見ると、はっとしたように手に持っていたものを隠そうとした。しかし生憎の場所で、どうにも隠しようのないことを知ると、ベソを搔くような表情をしてそこに立ちすくんでしまったのである。

私は気を利かして、そのまままた表へ飛び出したが、彼女の手にしていたものが、鮮かな色調をつくってハッキリと眼底《まなぞこ》に焼き付けられているのを感じた。それは喰い荒されたお膳だった。つまり由美は、蔵の中にいる誰かのお給仕をしていたのだ。

私は湖水の端で待っていた乙骨に追いつくと、すぐそのことを話した。すると乙骨はちょっと呆れたような顔をして、

「君は今頃それに気がついたのかい。僕はもう大分以前から気がついていたよ、あの蔵の中にはたしかに『誰』かがいるんだ」

「妙だね、誰にきいてもこの一家は、主人と由美の二人きりだというのに」

「この家には何か曰くがある。君は聴かなかったかね、鎖の音を……」

「鎖の音？」

「そうだ。気をつけていたまえ。あの蔵の中でじゃらじゃらと鎖を引き摺る音が聴こえるから。最初僕は、何か野獣でも飼ってあるのじゃないかと思ったんだが、あの膳部から見ると確かに人間だね」

「すると、人間を鎖で繋いであるのかい？」

「そうらしいね。兎に角、非常に興味があるよ。君、ちょっと振りかえってあの家のうえを見たまえ。いつか僕は、この家を最初に見た時、おそろしい災禍が、真っ黒な翼をひろげてこの家のうえにのしかかっているような気がすると言ったろ。あの予感は間違ってはいなかったのだ。何かが起こりつつある、何か素晴らしい惨虐な出来事が。――ね、君にも分かるだろ。あの家を包んでいるまっくろな妖気が……」

　ところがその晩のことである。

　朝のことは忘れたような顔をして、給仕に出てくれた由美を相手に、とりとめもない話をしている間に、私はふと、最初この家について感じた印象を冗談まじりに由美に話した。

「乙骨君もそう言っているんですよ。この家はまるで娼家のようだって。間取りや何かがね。ところがわれわれは二人とも、実際に娼家の経験がないので、はっきり断言することが出来ないのですがね」

「あら」由美はさっと顔を赤らめ「そのことをわたしまだ、申し上げませんでしたかしら」

「なんですか、一向」

「この家、あなたの仰有る通りなんですわ」

「やっぱりそうですか。でも変ですな。こんな淋しい山の中に――」

「ほほほほほ、まさか昔からここにあったわけじゃありませんのよ。わたし達の家は代々U市でこの職業《しょうばい》をしていたんですって。この建物も明治の中期に、U市に新らしく建築したものなんだそうですけれど、その後、いろいろ面倒なことが起こって、わたしの祖父に当たる人、つまり伯父の父なんですが、その人が職業《しょうばい》を廃めてこの湖畔へ引っ込む時、どういうつもりか建物ぐるみ持って来たんですって。どうせ、あの伯父の父ですもの、きっと変人だったに違いありませんわ」

　そう言ってから由美は、急に思い出したように、

「そうそう、それに就いて面白い物がここに遺《のこ》っているんですけれど、なんなら、後でお眼にかけましょうか」

「なんですか。是非」

「それじゃ、御飯がおすみになったら御案内しますわ。でも伯父には内緒よ」

　さて夕食の後、由美がわれわれを案内したのは、思いがけなくもあの蔵の中だった。そこにはじめじめとした陰気な空気が、寒気を誘うように立ちこめてむろん電気などついているわけがなかったから、由美は古風な燭台に灯を点してわれわれを案内したのである。私はこの蔵の中に入る時、何故ともなくゾッとするような鬼気を感じたのを覚え

ている。乙骨もさすがに緊張した顔をしていた。

「この階段は随分危ないのですから、気をつけて下さいね」

由美はそういいながら、ギチギチと気味悪く鳴る階段を踏んで先きに立った。私たちもその後について登っていった。蔵の二階はちょうど六畳敷きくらいもあろうか。外から厳重に眼隠しのしてある部屋はたしかここなのである。日の目を見ない畳は、ブクブクと膨れあがって、空気はいまにも窒息しそうなほどしめっぽくて重苦しいのである。この蔵の中については、後ほどもっと詳しく述べる機会がある筈だから、ここではその時、由美がわれわれに見せてくれた物に就いて、簡単にお話するに止《とど》めておく事にしよう。

由美は燭台を高々と掲げると、

「ほら、ここを御覧なさいな」

と、かたわらの厚い杉戸から天井を指さした。この杉戸というのは、今でこそ雨漏りの汚点《しみ》や手垢で、薄穢く汚れてはいるものの、剝げのこった金泥や、緑青のいろからして、昔はかなり豪華なものであったことを想像されるのだが、そのうえに一刷毛《はけ》さっと紅筆を振ったように、赤黒い飛沫が斜めに飛んでいる。飛沫は長押《なげし》から天井にまで及んでいた。乙骨三四郎はこの飛沫のほうへ、ちかぢかと鼻を寄せて覗きこんでいたが、

「これは」と思わず言葉を切って「血ですね」

「ええ、そうなんですの。ここは花魁《おいらん》たちが病気をして、職業《しょうばい》が出来なくなると入れら

れてたところなんですって、ところがここに入っていた花魁に深く想いを懸けていた客の一人が、無理心中をしかけたのだといいます。この血は逃げる花魁を、日本刀でうしろから、袈裟がけに一太刀斬った時に飛んだものですって。明治三十年ごろのことだといいますから、もう四十年も昔のことね。こんなものまで、後生大事にここへ移したのですから、わたしの祖父という人もよっぽど変わった人だとお思いになりません？」

由美はそう言って、ほの暗い蔵の中でひそやかな声をあげて笑った。その時燭台の灯をまともに下から受けた由美の顔は、まるで幽鬼のように凸凹と歪んで、暗いその辺の隅々から、眼に見えぬ幻が、夢のようにどっと鯨波《とき》の声をあげて押し寄せて来るかと思われたのである。——

その夜、十二畳の座敷に床を並べて寝についてから乙骨が私を顧みて言った。

「君はあの蔵の中をどう思う」

「どうも、われわれの想像は間違っていたようだね。蔵の中には誰もいないじゃないか」

「僕はそう思わないね。君は由美が何故、われわれをあそこへ案内したと思うんだ」

「それはつまりこの家が娼家だということを——」

「むろん話のきっかけはそうだ。しかし由美が急にわれわれをあの蔵の中へ案内する気になったのは、つまりあそこに誰もいないということを、それとなく我々に納得させる為だったのさ。花魁だの無理心中だの、その方便に過ぎないのだよ」

「すると、あの話はみな出鱈目だったというのかい」

「いや、あれは嘘ではなかったろう。しかし、あの話をするのが由美の目的ではなかった筈だ。由美のような若い女に、あんな話が興味のある筈がない。にも拘らず、われわれをあそこへ案内して、あのような話をしなければならなかったというのは、あの蔵の中に対するわれわれの疑惑を解きたかったからだろう。ということは、逆にいえば、あの蔵の中にきっと誰かがいるということになる」

「なるほど、そういうことになるかな」

「そうさ、そしてその人間は絶対にわれわれに見られてはならないばかりか、そこに人がいるということすら、われわれに覚られてはならないのだ。椎名君、あの女は実に悧巧だよ。しかし、僕はもっと悧巧なつもりだ。僕はこの一族に対して、非常に食慾を感ずる。相手が好むと好まざるとに拘らず、僕は必ずこの秘密を解いてみせる」

私はこの時ふと、別の友人が乙骨三四郎に対して放った批評を思い出した。

「あの男は大学の先生より警吏となった方がよかったろう」

そういう言葉のうちの、警吏という言葉を『探偵』と訂正したら、更に適切であったかも知れないと、私はその時、寝床の中で考えたのであった。

それはさておき、この物語の冒頭に掲げておいたように、私がはじめて、あの奇怪な美少年を垣間見《かいまみ》たのは、実にその真夜中のことだったのである。

第四章　血と灰

　このことについては、冒頭に掲げた序詞において、既に述べた通りであるから、ここにはあまり多くを繰り返すことはひかえよう。

　真夜中のことであった。私は傍に寝ていた乙骨三四郎に揺り起こされて、ふと眼をさましたのである。そして半ば開いた障子の隙間から、水に濡れた美少年の姿を、はじめて垣間見たのだ。

　その年は雨が多かったせいか、湖水の水は春興楼のすぐ側までひたひたと押しよせていた。真珠郎は――むろんその時はまだ名前など知る由もなかったが――実に、その水の底から抜けだした妖精ででもあるかのように、蹌踉《そうろう》としてそこに立っていたのだ。

　ああ、その時の彼のたぐいまれな美しさを、私はなんといって形容していいか知らない。とにかく、見ているうちに歯がガタガタと鳴って、骨の髄まで冷たくなるような、一種名状しがたい妖異な感じに打たれたのを、今でもハッキリと記憶している。あまりズバ抜けた美しさというものは、どうかすると薄ら寒い鬼気を呼ぶものであることを、私はその時はじめて知ったのである。

　真珠郎はむろん、私たちが見ていようなどということは、夢にも知らなかったのに違いない。やがてぶるると大きく身顫いをするとたん、彼の全身からは、金色の水滴が霰のようにバラバラと散ったのだ。——やがて彼は静かに柳の樹の下を離れてこちらのほうへ歩いて来た。そして息を殺して様子を見ている私たちのすぐ眼の下を通りすぎると、やがてその姿はどこともなく見えなくなってしまった。

私は今でも、あの美しい男が跫音《あし》もなく、そっと私たちの下を通り過ぎていった時のなんともいえぬ薄ら寒さを、ハッキリと思い出すことが出来る。まるでその男の華奢《きゃしゃ》な体からは、氷のような冷たい陽炎《かげろう》が、ゆらゆらと立ちのぼっているかにさえ感じられたのだ。

「なんだ、いったいあの男は？」

私は思わずぞっと身顫いをしながらそう言った。

「綺麗な男だね。怖くなるほど綺麗な男だね」

乙骨三四郎も顫え声で「しかし、なんという気味の悪い男だろう。なにかこう、救いがたい妖気に包まれているような気がするじゃないか」

「ひょっとすると、蔵の中にいる人間というのは、あいつじゃないかしら」

「そうかも知れない。しかしどうも分からないね。僕の考えでは、何かこう、人前に出せないような醜い病人か不具者がいて、そいつをこっそり蔵の中で養っているのだろうと思っていたが、あんな綺麗な男だとまるで見当が外《はず》れちまったわけだ」

その晩私たちは、殆ど眠りもやらずにこの奇怪な美少年について語り明かしたものだ。

断わっておくが、私は元来、それほど好奇心が強いほうではないのだ。私はいつも、あるままの事態をそのままに受け入れて、満足している方で、表面に現われた事実の、もう一つ底を考えてみようなどということは、私の性《しょう》に合わないのである。しかし、この時ばかりは全く別だった。おそらく、この家の持っている妙な雰囲気と、乙骨三四郎の異常な熱心さがいつの間にやら私のうえに乗り移ったものであろう。私は秘密というものが、これほど人間を興奮させるものかと、はじめて知って、われながら浅間しいような気がしないでもなかった。

その翌朝、いつになく寝過ごした私たちが、食後裏庭づたいに湖水のほうへ出ようとすると、座敷の中からおいおいと呼び止めた者がある。鵜藤氏だった。

「どうなすったのですか。今朝はお二人ともいつにない朝寝坊でしたな」

鵜藤氏もいま御飯をすませたばかりらしく、由美を相手にお茶を飲んでいるところだった。

「昨夜《ゆうべ》、少し眠れなかったものですからね」

「あまり勉強が過ぎるせいじゃありませんか。二人とも顔色が悪いですよ」

「いや、そうじゃないのです。実は昨夜、妙なものを見ましてね」

乙骨があわてて私の袖を引っ張ったのだけれど、間に合わなかったのである。

「妙なものって何んですか」

「いや、妙なものと言っては悪かったかな。昨夜、向こうの柳の樹の下に、人が立っているのを見たんですよ。実に綺麗な恍惚《ほれぼれ》とするような少年でした。あれ近所の人ですか」

この言葉があのように激しく鵜藤氏を驚かそうとは、私は夢にも予期していなかった。鵜藤氏は手に持っていた湯呑み茶碗をポロリと落とすと、うつろな眼でじっと私たちの顔を見詰めたのである。なんだか放心したような眼付きだった。それから急に嶮しい顔を由美のほうに向けると、

「由美！」

と、言いかけたが、すぐ気を変えたように、

「御冗談でしょう。何かこの由美からお聴きになって、わたしを嘲弄《からか》っていられるんでしょう」

「あら、伯父さん、そんなこと――」

「どうしてですか。私は何も聴いたことはありませんがねえ」

「それじゃ、本当ですか」

「本当ですとも。誰が嘘などいうもんですか」

「いったい、どんな風をしていましたか。その男は――」

鵜藤氏の声が怪しく顫えているのに私は気がついた。

「どんなといって、そうですね、草色の、何かこう蜥蜴《とかげ》の腹のようにピカピカと光る洋服を着ていましたね。御存じですか、そういう人物を――」

「おい、椎名君、行こうよ」

その時突然、乙骨三四郎がそう言って私の袖を引っ張った。多分、由美の哀願するような眼差しに気がついたからであろう。私は漸く、自分が言ってはならぬことを言ってしまったことに気がついた。おそらく、あの草色の洋服を着た、世にも類いまれな美少年は、どういう理由《わけ》でか、この一家にとって禁忌に属していたのであろう。

私はあの時の鵜藤氏の驚愕《おどろき》を、いまだに忘れることが出来ない。そして近頃になって初めて、その驚愕の本当の意味を知ることが出来たのであるが、ああ、そこにはなんという恐ろしい、秘密と陰謀が隠されていたことだろうか。

それはさておき、私はしだいに落ち着きを失っていく自分に気がついて、激しい自己嫌悪を感じはじめた。こういう状態がこれ以上続くとすれば、私はもう救いがたい好奇心の奴隷《どれい》になってしまいそうな気がするのだ。そこで乙骨三四郎に訴えると、

「いいじゃないか。たまにはこういう経験もしてみるものだ。人間、本に齧りついているばかりが能じゃないからね」

と、至って冷淡なのである。彼にはこういう成り行きが面白くて耐らないらしいのだ。

私は途方に暮れたが、まさか、乙骨をこのまま放り出して自分だけ他へ移るわけにもいかない。兎角思案を定めかねて愚図愚図しているうちに、遂にあの大事件が突発して、私をこの土地に金縛りにしてしまったのだ。

ああ、あの日の恐ろしい経験を、私はどういう風に書いてゆけばいいのか分からない。あの前代未聞ともいうべき大惨劇を描出するには、私の筆はあまり貧弱に過ぎるようだ。

しかし、私は小説家ではなく、単なる事実の記録者に過ぎないのだから、文章の綾に顧慮することなく、ただ忠実に、ありのままを書いていけばいいのかも知れない。それ自身すぐれた事実は、言葉の綾で修飾する必要がないという古い諺もあるではないか。

さて、私たちが、はじめて真珠郎を目撃してから、一週間ほど後のことである。

その日は朝から妙に蒸し暑かった。いつもカラリとして、どちらかといえば冷え冷えとしている空気が、前の晩あたりからどんよりと重くなって、昼過ぎ時分から、耐えがたいまでの息苦しさを覚ゆるに至った。この暑さに耐えかねた私たち二人が、いつものように湖心へボートを漕ぎ出したのは、夕方の四時頃のことだったろう。行きがけに由美を誘ったのだけれど、彼女は用事があるといって応じなかったのだ。

どんなに暑い日でも、湖水のうえへ出さえすれば、思いのままに涼を貪ることが出来るのに、その日ばかりはそうはいかなかった。なんだかこう、湖水の水までが、巨大な円盤の中に流し込まれた蠟のように澱んで、空気はしだいに重くなって来る。しまいには鼻の穴へ古綿で栓でもされたような息苦しさを感じて来た。日は照るでもなく、曇るでもなく、湖畔一帯の景色も、今日は鉛色の一色に塗り潰されて、いやに鬱陶しく見える。風は殆どなかったが、たまにあっても、沙漠を吹いて来る熱風のように、却って気持ちが悪いくらいなのだ。

私たちが最初に、あの物凄い動揺をかんじたのはちょうどその頃だった。ふいに湖水の水がザザザザッと眼の前に盛りあがって来たかと思うと、四方の山々がどっと屛風倒しに、こちらの方へ倒れて来るような気がした。

「地震だ！」

私は思わずボートの舷《ふなばた》にしがみついた。

「馬鹿いえ」といいかけた乙骨も、急にぎょっとしたように、

「あ、浅間だ。浅間の爆発だ」

そのとたん、又もやどどどど！　というような地響きがきこえたかと思うと、浅間の頂上から空高く、真っ黒な煙の柱が噴き上げた。だが、私たちはこの不意の異変を詳しく見届ける暇はなかったのだ。その時、一旦盛りあがる浪に高く押しあげられたボートが、今度は逆にツツーと湖水の底ふかく吸いこまれるような気がしたからである。私たちは夢中になってボートの底にしがみつきながら、

「こいつは大分大きいらしいぞ。とにかく急いで陸《おか》へ引きあげなきゃ」

さすがの乙骨三四郎も周章《あわ》てたらしく、声が上ずっていた。煙の柱はますます太くなるばかりで、時々まっくろなその煙幕の中で、昇竜のような電光が閃《ひらめ》くのが見えた。物凄い地響きは、時刻《とき》の太鼓を打つようにひっきりなしに轟いて、陸にある人家も、草木も瘧《おこり》を患ったように小刻みに顫えている。やがて、湖水の水が坩堝《るつぼ》のように泡立って来たかと思うと、バラバラと灼けつくような熱い熔岩と灰とが私たちの周囲に落下して来た。そしてあたりは見る見るうちに、日蝕のような気味悪い仄暗《ほのぐら》さにとざされていったのである。

私たちは夢中でオールを漕いだ。落下する熔岩と灰と、沸りたつ浪の間を、木の葉のように揉まれながら、ボートを漕いだ。

ああ、年代記にある天鼓の妖というのは、大方こういうのをいうのであろう。

だが、これは天の災禍である。そしてこの天の災禍からは辛うじて切り抜けることが出来た私たちも、更にその時待ちうけていた人の災禍に直面しては、思わず気が遠くなるような恐怖に打たれたのである。

私たちのボートが漸く岸に近付いて来たときである。とつぜん、乙骨三四郎があっと叫んでオールを離したから耐らない、ボートは思わずくるくると水の中で旋回した。

「ど、どうしたんだ」

「いや」と、すぐオールを握り直した乙骨三四郎は、「あれは――あれはどうしたんだ」

乙骨の声にふと頭をもたげた私は、湖畔に聳えている春興楼の展望台を見た。

その時私は、なんともいえぬほど奇異な感じに打たれたのを、今でもはっきりと憶えている。

展望台から体を半分乗り出すようにして、こちらへ向かって手を振っているのは鵜藤氏だった。どうやら、私たちに向かって救いを求めているらしいのだが、その声はあたりの騒音に消されて聴こえなかった。

私は最初、鵜藤氏はこの突然の異変に、気が顚倒したのだろうと思った。しかし、それにしては騒ぎかたが大人気ないのである。丁度赤ん坊が母親を呼ぶような恰好で、しきりに手を振りながら、パクパクと口を動かしている。遠目と、そして折りから益々ひどくなって来る降灰《こうかい》とで、よくは分からなかったが、どうやら怪我をしているらしく、額からタラタラと血が垂れて、顔が恐怖のために歪んでいるのが見えた。

「どうしたんだろう。何をあんなに騒いでいるんだろう」

「とにかく、急いで漕ごう」

だが、その言葉が終わらぬうちに、私たちの眼前には怖ろしいものが現われたのだ。ふいに鵜藤氏のたまぎるような声が、折りからの地響きと、噴煙と、雷鳴をつんざいて湖水のうえに流れて来た。その声にふと見ると、いつの間に現われたのか、展望台のうえには、あの奇怪な美少年の姿が見えていた。しかもその美少年は手にギラギラと光る刃物をふりかざしているのだ。その刃物がさっと宙にひらめいたかと思うと、恐ろしい悲鳴と共に、鵜藤氏の体がもんどり打って、展望台から屋根のうえに転がり落ちた。

美少年もつづいて屋根のうえに飛びおりる。鵜藤氏はじき屋根のうえに起き直ると、腹這うようにして、二足三足ゆきかけたが、その時うしろから躍りかかった美少年が、ぐさっととどめを刺すように、背部から鵜藤氏の首を抉《えぐ》った。

これが最後だった、鵜藤氏の体は鞠《まり》のようにごろごろと屋根を転がると、深い雑草の中に落ちて見えなくなってしまった。

そのとたん、はげしい電光が浅間をかすめて、瞬間パッと湖水を明かるくした。

私はその時、屋根のうえに突っ立って、じっと見おろしている美少年の体が、返り血のためにグッショリと濡れているのを見たのである。それはもう、どんな悪夢よりももっと恐ろしい、腹の底が固くなるような残虐な観物《みもの》だった。私はジーンと体中の力が抜けてゆくような恐怖というよりは恐怖を通り越した麻痺状態におちいってしまった。

実際、恐怖という奴も、それがあまりズバ抜けて激しい場合には、ちょっとも驚かぬのと同じような状態を示すものだ。私はその時、これはきっと紙芝居か何かを見ているのであって、鵜藤氏は決して殺されたのではなく、また、あの美少年も単にお芝居をしているのに過ぎないのだというような気がした。

しかし、この慾ふかい惨劇は、まだこれだけで終わったのではなく、もっともっと恐ろしいことがそこに起こったのだ。

展望台の中から、その時もう一つの顔が現われた。由美だった。止せばよいのに由美は、怖々《こわごわ》そっと顔を覗かせたのであったが、そこに突っ立っている美少年の姿を見ると、きゃっと叫んで逃げ出そうとした。その声にさっと振りかえった血塗《ちまみ》れの美少年は、猫のような敏捷さで望楼の中へ躍り込むと、いきなり由美の髪の毛をうしろからひっ摑んだのである。

血に塗れた白刃がさっと灰の中にひらめく。

「あああ!」

と、いう由美の声が、湖水のうえに長く尾を引いて、つぎの瞬間、二人の姿は展望台から見えなくなってしまった。

その時まで、茫然としてこの恐ろしい殺人劇に眼を見張っていた私たちは、はじめてはっと気を取り直した。

「大変だ、急ごう」

私たちは再び、必死となってボートを漕ぎ出したのである。その時、陽《ひ》は降りしきる灰と噴煙の中で、血のような色をしてくるくると躍っていた。

第五章　逃げ水の淵

私はこの物語において、センセーショナルな殺人劇のお話をしようというのではない。私がこうして柄にもなく、不馴れな筆を握って、この恐ろしい経験を書き綴っておこうという気になったのは、これが世にありふれた殺人事件ではなく、実に悧巧な、それこそ悪魔の智慧といえども、とうてい及びがたい程の巧妙さをもって企《たく》まれた事件であることを、この頃になって、漸く知ることが出来たからである。

今にして思えば、この事件の真相が判明したのからして、私にはなんとなく奇蹟のような気がするのだ。ほんとうを言えばこれは、絶対に解決されざる事件のひとつだったかも知れない。それほど恐ろしく巧妙に、そしてまた世にも非人間的な智慧で貫かれているのだ。

それはさておき、私たちが漸くのことでボートを汀《みぎわ》へ横着けにしたのは、それからかなり後《のち》のことであった。その時の焦躁をいったいどうして説明したらいいだろう。よく夢の中で恐ろしいものに追いかけられる時の気持ち、あせればあせる程ますます足がすくんで動けなくなる気持ち、ちょうどあの時の気持ちに似た感じだった。

岸へつくと私たちは、ボートを繋ぎとめるのも忘れて陸《おか》へとび上がった。噴煙と降灰のためにあたりはいよいよ暗くなって、うっかり眼もあけられない。大地はまだ小止みなく震動していて、時々爆竹のような音が炸裂するかと思うと、その度に気味悪い電光がさっと湖畔を掃いていく。

鵜藤氏も鵜藤氏だったが、それよりももっと心配だったのは由美のことだった。そこで私たちは、いつも鵜藤氏の寝ている座敷の縁側から家の中へ躍りこんだが、その刹那《せつな》、まず第一に私たちの眼についたのは、広い玄関の式台のうえに、俯向けに倒れている由美の姿だった。妙な例えだが、由美はその時ちょうど逆さに干した大根のように、断髪の頭で土間を掃くように倒れていた。見るとその肩口に当たるところに、小さな血溜まりが出来ている。

それを見ると、一瞬間私は、全身の関節がガクガク顫えるような恐ろしさを感じた。どういうものか鵜藤氏の危禍を目撃したときにも感じなかった、ある痛烈な痛みを肉体に感じたのである。

乙骨はしかし、私のような弱気ではなかったのである。彼は由美のそのようすを見ると、すぐ側へ走り寄って、荒々しく由美の体を抱き起こした。乙骨の腕の中で由美の頭がガクンと大きく揺れたが、その顔は漂白されたように艶がないのである。

「し、死んでいるのかい？」

「なに、大丈夫だ、気を失っているだけだ。傷は――」

と、乙骨は由美の着ている真っ赤なドレスの胸元から、バリバリと引き裂くと、

「大したことじゃない。ちょっと、肩先をやられているだけだ。もう二寸内側へ寄っていたら、危ないところだったが、とにかく手当てをしよう。君、すまないが僕のスーツケースの中に繃帯や薬が入っているから、持って来てくれたまえ」

　私が薬や繃帯を持ってくる間に、乙骨は由美の体を、玄関わきの座敷の中に運んで、鵜藤氏の万年床の中に寝かせていた。私はこのときくらい、乙骨三四郎に対して尊敬の念を感じたことはない。彼は殆ど専門の外科医者のような冷静さをもって、てきぱきと傷の手当てを終わった。由美が漸く正気を取り戻したのは、ちょうどこの時だったのである。

「ああ、真珠郎！」

　由美が正気付いて最初に放った言葉はそれであった。そして、彼女はさめざめと泣き出したのである。私たちがこの事件に於て、真珠郎という名前をきいたのは、実にそれが最初だった。しかし、その名を聴いた瞬間、私たちはすぐそれがあの奇怪な美少年の名前であろうことを覚ることが出来たのだ。実際この名前ほど、あの美少年にとって相応《ふさわ》しい名がほかにあろうとは思われなかったからである。

「真珠郎というのは誰ですか。あの美少年のことですか」

由美は激しい泣きじゃくりの間にも、強くうなずきながら、

「そうですわ。真珠郎は気が狂ったのですわ、ああ、恐ろしい」そこで由美は急に思い出したように、「あ、伯父さまはどうなすって。ね、伯父さまは――ああ、恐ろしい、伯父さま、伯父さま」

私たちはその時まで、決して鵜藤氏のことを忘れていたわけではない。しかし、傷ついた由美を取り残して鵜藤氏やあの恐ろしい美少年を探しに行く気にはどうしてもなれなかったのだ。そのことをいうと、由美は健気《けなげ》にも寝床のうえに起き直りながら、

「お願いです。伯父さまを見てあげて下さい。いいえ、大丈夫です。わたしも行きます。わたしも一緒に伯父さまを探しに行きます」

「大丈夫ですか、そんな体で」

「大丈夫よ、これしきの傷――あ、痛ッ。さあ、行きましょう。一刻も愚図愚図している場合ではありませんわ」

私たちはむしろ由美に促されるようにして、座敷から庭のほうへ降りていった。そして湖水から見た、あの展望台の下の方へ廻っていった。

しかし、そこには鵜藤氏の姿は見えなかったのである。既にうっすらと積もった灰の下に、べとべとした血がひとかたまり落ちているのが見えたが、鵜藤氏の姿はどこにも見えなかったのだ。

「どうしたんだろう。うまく逃げたのかしら」

「この傷で――」

と、乙骨三四郎は屋根から軒へ伝わっている、恐ろしい血の痕を示しながら、

「こんな大怪我で、とても逃げるなど、思いもよらぬことだ。あ、見たまえ、ここに何か重い物を引き摺ったような跡がついている。あ、血だ。――あの男が、真珠郎という男が鵜藤氏の体を引き摺って、どこかへ隠したのにちがいない」

血の跡は点々として丘の麓まで続いていたが、それから先きは丈高い雑草に覆われていて、真珠郎が果たしてこの丘を登っていったものか、それともほかのコースを取ったものか、何しろ降りしきる灰と熔岩のなかである。私たちには知る由もなかった。

「とにかく、この丘を登ってみましょうよ。ね、そうすれば何か見付かるかも知れませんわ」

由美はそういって、自ら先頭に立って、大方乳ほどもあろうという雑草の中に分け入った。むろん、私たちもその後に続いたことはいう迄もない。ところが、この丘のうえで私たちは、鵜藤氏や真珠郎の代わりに、意外な人物を発見したのである。

「あ」ふいに由美が立ち止まって私たちのほうを振りかえった。

「あんなところに人が」

そういう声にふと、上のほうを仰いでみると、降りしきる灰の中に突っ立って湖水のほうを瞰下《みお》ろしながら、何か呪文でも唱えるような恰好で突っ立っているのは、たしか

にここへ来る途中、自動車の中で出会ったあの奇妙な予言者の媼《ばあ》さんだった。媼さんはまるで、鳥のような恰好をしてそこに立っていたのだ。

媼さんは、鋭い眼でジロリと私たちのほうを振りかえるとすぐつかつかと傍《かたわら》へ寄って来た。

「お前さんたち、そこで何をしていなさる」

例によって、笛のように甲高いキイキイ声だ。

「あ、小母さん」

由美はこの老婆を知っていたと見えて、わりに臆した色もなく、

「小母さん、この辺に誰かを見ませんでしたか」

「いいや、私は誰も見なかった。しかし私は聞いたよ。あの恐ろしい叫び声を——あ、血！」

と、乙骨三四郎の浴衣の袖を指さしながら、

「どうしたのだ。何があったのだ。いいや、聞かんでも分かっている。いつか私が言った通りだ。血だ、ほら、血だよ、お前さんたちの周囲に恐ろしい血の雨が降るといった。私の言葉に間違いがあった例《ためし》がない。ほら、御覧、湖水のうえをごらん。真っ赤だ。血を流したように真っ赤に染まっている」

これがもっと別の場合だったら、私たちは媼さんのこの言葉を一笑のもとに退けることが出来たかも知れないのだが、その時ばかりは別だった。何しろ山は物凄い噴煙をあ

げながら唸りつづけているのだし、熔岩は霰《あられ》のように音をたてて降っているのだ。おまけに大地ときたらひっきりなしに無気味な震動をつづけているのだから、媼さんが言った通り、その時夕陽をうけて真っ赤に泡立っている湖水が、ちょうど血の海のように見えたのは、全く無理ではなかったのである。媼さんはもう一度私たちのほうを振り返ると、

「さあ、出来てしまったことは仕方がない。どういう事が起ったのか言ってごらん」

そこで由美が手っ取り早く、事のいきさつを話すと、その間、いくども頷いていた老婆は、ふいに手をあげて、

「あ、それなら私も見た。旦那とその男を私も見たよ。気の毒に、旦那はもう生きてはいなさるまい。しかし、その男が旦那の屍体をどこに隠したか、私はよく知っている。私はこの眼で、そいつの姿を見たのだ」

「まあ、そして、それはどこなの、小母さん」

「向こうだ」

老婆はきっと唇を噛んで湖水を指さした。

「私はそいつが、旦那の屍体を小舟に乗せて漕いでいくのを見た。私の眼に間違いはない。私は年寄りだけれども、私の眼はまだ達者なのだ。お前さん、この湖水にある逃げ水の淵を知っていなさるだろう」

「ああ、あの洞窟――」

由美の顔がさっと蒼ざめた。

「そうだよ、あの逃げ水の淵だよ」

「いったい、その逃げ水というのは何んですか」

乙骨三四郎が由美に訊ねた。

「ほら、昔の歌にむさし野の逃げ水を歌ったのがございましょう。つまり一種の地下水なんですわ。川が途中から地下へ流れこんで、その行き先が分からなくなっている、それを逃げ水というのですけれど、この湖水にもそれがありますの。そしてその逃げ水の口というのが、ついその向こうにあるんですよ」

「私はその口が二つあるのを知っている。さあ、急いで行ってみよう。ひょっとすると、あいつはまだあの中にいるかも知れない」

誰も老婆のその提議に異議を申し立てるものはなかった。そこで私たちは一旦家へ引き返すと、提灯の用意をして再び出直した。ここで老婆の意見にしたがって、私たちは二組に分かれることになった。何しろ口が二つあるのだから、両方から入っていって、中で挾み討ちにしようというのである。そこで相談の結果乙骨と老婆、私と由美ということになった。

二艘のボートが湖水におろされた。私たちは別々に乗り込んだ。私はなんとなく不安で気が重かったけれど、この際、これよりほかに方法はなかったのだ。私たちは無言のまま崖に沿ってボートを漕いでいった。

やがて先頭のボートの舳に立っていた老婆が、振りかえると、

「さあ、これが一つの入り口だ。私たちはここから入って行こう。お前さんたちは、もう一つ向こうのほうから入っていくがいい」

見るとなるほど、崖の裾に、雑草と藤蔓で覆われた小さな洞窟の口が見えた。そして極く微かにではあったが、その洞窟の入り口のへんで、湖水の水が渦を巻いて、中の方へ流れこんでいるのが感じられた。

「大丈夫かい、乙骨君」

「大丈夫、君も気をつけていきたまえ」

私はその時の乙骨の顔が、なんとなく泣き笑いの表情に似ているような気がした。やがてボートがその中へ流れ込むと老婆の振りかざした提灯の灯が、まっくらな穴の奥にしだいに小さくなっていくのが見えた。

「さあ、それじゃわれわれも急ぎましょう。もう一つの入り口というのはどこですか」

「もう少し向こうですの。何んだか気味が悪いこと」

第二の洞窟というのはそこから二丁ばかり離れたところにあった。今年は雨量が多かったせいか、水位がたかまって、その洞窟の口はほんの少しばかりしか水面に現われていなかったが、それでも私たちは、困難を押しきって、ボートを洞穴の中に進めていったのである。

こういう風に筆で書いてゆくと、なんでもないようであるけれど、実際は、なかなか

生やさしい勇気で出来る冒険ではなかったのだ。考えて見たまえ、恐ろしい変動が起こりつつあるという地殻の中へ、しかも、あの血に塗れた殺人鬼が、どこの隅に隠れていようとも分からぬ闇の中へ、手探りに入っていこうというのだから、よくもあんな無謀なことが出来たものだと、思い出しても私は、ぞっと背筋が冷たくなるような気がするのである。

それはさておき、この気味の悪い洞窟の、はじめの方の部分は、殆ど頭が天井に支《つか》えそうな程の窮屈さであったが、進んでいくにしたがって、あたりは次第に広くなって行った。

由美は舳《みよし》に立って提灯を振りかざしながら、

「気をつけて下さいな。岩にぶつかりでもしたら、それこそ大変だわ」

と、私の方を振りかえって一々注意をあたえるのだが、そういう声がブンブンと洞窟の内壁にこだまして、私は頭が痛くなるような気がした。

「いったい、この水はどこまで続いているのでしょう。なんだか、少しずつ流れているようじゃありませんか」

「わたしもよくは存じませんが、いつか伯父が話していたのに、これはきっと地下を潜って、どこかの河の中へ人知れず注ぎ込んでいるのだろうということでした」

周囲がしだいに広くなっていくに従って、水の音とも、地響きともつかぬ音が、耳鳴りのようにあたりを圧して聴こえて来た。私はふといつか本で読んだ地底の滝のことを思い出した。ひょっとすると、得体の知れぬこの洞窟の奥には誰も知らぬ大瀑布があるるのではなかろうか。もしそうとしたら、うっかりボートを進めていては大変なことになる。

私は急に恐ろしくなって来た。

「由美さん、あなたはこの洞窟の中の地理をよく知っていますか」

「いいえ、あまり奥の方までは知りません」

「大丈夫ですか。そんなことで……」

「さあ」と、由美も当惑したように「向こうの洞窟から流れ込んでいる水と、こちらの水とが、少し先で一つになっていてその合流点に小さな島があるのですけれど、その辺までは大丈夫でしょう、それから先へは、誰も進んでいった者はないということです」

「その島というのはよほど先きですか」

「さあ、もう間もなくだと思いますけれど——おや、あれはなんでしょう」

由美がとつぜん怯えたような声をあげた。その時ふいに洞窟の奥から、何やら異様な、叫び声とも唸り声ともつかぬ物音が聴こえて来たからである。その音は、方々の岩角に当たってブンブンというような反響を伝えながら、しだいにこちらの方へ近付いて来るのである。反響のために音量は二倍にも三倍にもなりながら、却ってなんとも捕捉することの出来ない曖昧な、得体の知れぬ声になっていた。

「まあ、あれはなんでしょう」

提灯を持った由美の手が激しく顫えた。

「さあ、なんだか人の叫び声のような気がしましたね」

私の声だって、由美に劣らず顫えていたのである。

「まあ、乙骨さんの身に何か間違いがあったのじゃございませんかしら」

「島まではまだよほど間がありますか」

「さあ、もうそろそろ見えはじめる時分だと思うんですけれど」

あの耳鳴りのような物音は、いよいよ高くなって来て、私たちの話し声は、ともすればその中に揉み消されそうになった。洞窟の中はますます広く、骨を刺すような冷気が、暗闇と一緒に私たちに向かって襲いかかって来るのである。

「すると、乙骨君のボートの灯がそろそろ見えなければならぬわけですね」

「そうですわ。向こうの方が近いのですから、先に島へ辿《たど》りついていなければならぬ筈なんですけれど……あ、島が見えはじめました」

「ボートの灯は見えませんか」

「ええ、どうしたんでしょう。まっくらですわ。おや……」

由美がふいに提灯を高くかざして、じっと暗闇の奥のほうを覗きこんだ。

なるほど、島というよりは浮き洲といった方が正しいのであろう。黒い土が水の中から少し隆起しているのが見えた。

「まあ」由美が顫えながら「椎名さん、椎名さん、あれ何んでしょう、あの白いもの」

「白いもの？」

「ええ、――あ、あれ乙骨さんの浴衣《ゆかた》じゃないかしら」

私はぎょっとして振り返った。なるほど隆起した土の窪みにほの白い浴衣の端が見える。

「あ、乙骨君じゃないか」

そのとたん、ボートの底がどしんと泥の上に乗りあげて、私たちは思わず土の上に放り出されそうになった。私はすぐ土の窪みに倒れている乙骨三四郎のほうへ走り寄った。

「乙骨君、乙骨君、しっかりしたまえ、由美さん、提灯を」

「はい、はい、ただいま」

そういう声が背後《うしろ》で聴こえたかと思うと、ふいに由美がぎゃっと妙な叫び声をあげて、私の腰にしがみついて来た。

「ど、どうしたのですか」

「あそこに伯父さまが……」

「え、鵜藤さんが？」

私は乙骨の方はそのままにしておいて、由美の指さす方へとんでいかねばならなかった。

なるほど、窪みのもう一つ別の側に、鵜藤氏がこれまた、水の中に首を突っ込むようにして倒れている。

「由美さん、提灯の灯をもう少しこちらへ見せて下さい」

由美がすぐ側へやって来た。そして提灯の灯を私のうしろからかざした。私はその光の下で鵜藤氏の体を抱きあげた。いや抱きあげようとした、と言い直した方が正しかったかもしれない。というのは、あまりの恐ろしさに思わずワッと叫ぶと、私はじきうしろにとびのいたのである。

抱きあげた鵜藤氏の体が、妙にフワフワとして手ごたえがなかったのも道理、その体には首がなかったのだ！

ああ、首のない人間——諸君はよく新聞などで、首なし屍体という記事を見られるが、現実に見た首のない屍体というものが、どんなに恐ろしいものであるか、ご存じだろうか。

なんともいえぬ気味悪さ、おぞましさ、怖さ、厭らしさ、言語に絶したその不快感に、私は瞬間、ジーンと血管が痺れて、気が遠くなりそうな眩暈《めまい》を感じた。

男の私でさえこの通りなのだから、女の由美が驚いたのも無理はない。彼女はしばらく放心したように、ぼんやりその首のない伯父の姿を眺めていたが、とつぜん、ぎゃっと叫ぶと、狂気のように私にしがみついて来た。その拍子に提灯を水の中に落としたから耐らない。ジューッと音を立てて蠟燭の灯が消えるとあたりはまっくらになってしまった。

あの気味の悪い笑い声が、闇の中からゆらゆらと聴こえて来たのは、ちょうどその時だった。それはちょうど、あたりの壁を這うように、はげしく旋回し渦巻き、岩窟と水面に反響を伝えながら、しだいしだいに、大きく四辺《あたり》を圧してこの洞窟内に響きわたるのだった。ああ、その気味の悪さ。凜々と張りをもった、鋭い、粘っこい、それでいて骨を刺すような冷たさをもった声なのだ。

「まあ、あの声――あれ、いったい何んでしょう、椎名さん。椎名さん、わたしを離さないで、わたし怖い、わたしを捕まえていて頂戴」

由美はしどろもどろにそんな事をいいながら、私の胸に武者振りついて来る。熱い、灼けつくような女の体温が、くらやみの中からのしかかって来て、匂やかな髪の毛がさらさらと私の頰を撫でるのだ。

ふいに笑い声は止んだ。と、思うとどこかでマッチを擦る音がきこえて、やがて、十間ほど向こうの水の上で、ボーッと、提灯に灯がついた。嬉しや、その提灯のそばに、顔を伏せて蹲《うずく》まっているのは、例の不思議な媼さんだった。老婆はそこにボートを泛かべて、今まで暗闇の中で私たちを待っていたと見えるのだ。それを見ると私は思わず声をかけた。

「媼さん、ちょっとここへ来て下さいな。何しろこれは大変だ」

「なに、わたしかな」

そういいながら、提灯のかげからひょいとあげた老婆の顔を見たときの、ああ、あの恐ろしさ。体こそ、服装《みなり》こそ、あの老婆に違いなかったけれど、その顔は、――唇をゆがめ、舌を出してゲラゲラと笑っているその顔は、まぎれもなく美少年の真珠郎なのである。

第六章　如法闇夜

いったい、むさし野の逃げ水に関しては、古来いろいろな説があるようである。

一説に、遠く望めば水流るる如く見えて、行き見れば、また異なる方に流るる如く見ゆ、これを逃げ水というとある。更にまた入間郷《いるまのごう》宮寺村の畑中より流れ出づる川の、冬になると水絶えて年をとらず、故にこれを逃げ水というなりという異説もある。

しかし、私が考えてもっとも妥当であろうと思われるのは、やはり由美も指摘したとおり、地下水を指す説である。武蔵野名所考にも、「入間郡にある川、二里ばかり流れ、川の末《すえ》掘り切って水末《みずすえ》より五六間鍵の手におれたる辺《あたり》は、潺湲《せんかん》たる流れなれど、掘り切りのところにいたれば、水とまりて行くえを知らず逃げ水という云々」とある。古歌にも「あづま路にありというなる逃げ水のにげかくれても世を過すかな」とあるところから考えても、やっぱり、地下水の説がいちばん正しいようである。

ギリシャ神話にあるプロサパイン物語中の、アルフユース河などもこの逃げ水の一種らしい。伝うるところによると、アルフユース河の水源を求めるに、途中地下に没して見えなくなっている箇所があるらしく、シシリー島にあるアリシユーサの泉も、同じ流れを引いているのだといわれている。アルフユースの河に杯や花束などを投げ入れると、はるか海を越えて、いつかアリシユーサの泉に現われるという伝説があり、この伝説から、さまざまロマンチックな詩や物語がうまれているのである。

私たちのいまいる、この湖畔の洞窟は、むろん、それほど、大規模なものではなかったであろう。しかし、われわれの心を脅《おびや》かすものは、必ずしも、規模の大小に関わりのない場合が多いということを、よく記憶していていただきたい。

まったく、このまっくらな地底の洞窟のなかで、唇を歪め、舌を出してゲラゲラと笑っている真珠郎の恐ろしさといったら、なんとも形容の言葉がないほど、不快極まるものであった。提灯の光をまともにうけたその美少年の額には、二本の血管が角のようにニューッと膨れあがり、黒い瞳が、玉虫のようにチロチロと光っている。それにあの唇の赤さはどうだ！　まるでいま血を吸ったばかりだといわぬばかりに、艶々と、気味悪く濡れかがやいているではないか。

真珠郎は舟のなかで転げまわって笑った。両手で腹をかかえて笑った。その度に、鳥のように鋭いあのキイキイ声が、地響きとも、滝の音ともつかぬ地底の轟音を圧して、まっくらな周囲の岩壁に、恐ろしい反響をつたえて、ゆらゆらと水の上に渦を巻くのだ。

しばらくそうして、この奇怪な美少年は、舟のなかをのたうち廻って笑っていたが、なにを思ったのか、ふいにふうっとその笑いをおさめた。そして、まるで瘧《おこり》のおちた人間のように、きょとんとした表情をして、しばらくじっとこちらのほうを眺めていたが、やがてまたニヤニヤと笑い出すと、つと身を踞《かが》めて、何やらフットボールくらいの大きさをもった、球《まる》いものを両手で抱きあげた。そして、そいつを見せびらかすように、ぐいと提灯の灯のなかに突きだしたのである。

ああ、そのときの恐ろしさ。

由美がウームとひくい呻き声をあげると、ふいに千均の重味となって、私の肩に寄りかかって来た。気を失ったのである。ああ、気絶することの出来るものは、なんという幸福なことであったろうか。私と雖《いえど》も、由美の気絶するのがもう少し遅かったら、私自身ひとあしさきに、この幸福を満喫していたかも知れないのだ。よく二人で酒を飲んでいる場合に、どちらか先に酔ってしまうともう一人はそれまでの酔いも、卒然としてさめてしまうことである。

そのときの私が、ちょうどそれだったのだろう。由美に先手をうたれたために私はこの羨望すべき逃避手段からも、完全にシャットアウトされてしまったのだ。私はいやがおうでも、鼻先につきつけられた、世にも恐ろしいあの代物《しろもの》を、まざまざと正視しなければならぬという、不幸な運命におかれたのである。

いつか私が九段の坂のうえから、ゆくりなくも見た、あの暗示的なヨカナーンの首の不思議な啓示は、やっぱり間違ってはいなかったのだ。真珠郎がその時、提灯の灯のまえにぐいとつきだした代物というのは、いうまでもなく鵜藤氏の生首であった。しかも、たったいま胴から斬りはなしたばかりと見えて、生々しい血が、ポタポタとくらい水のうえに垂れているのである！

私は毫《すこし》も、自分を勇気のある人間だなどとpretendするつもりはない。現にそのときも私は、腹のなかが鉛のように重くなり、そのくせ胸のほうは妙に空虚になって、心臓が咽喉までふくれあがり、舌がひきつって、膝頭がガタガタとふるえていたことを告白するのに躊躇《ちゅうちょ》しない。それにあいにく、二十世紀に生をうけて、英文学を専攻した私は、遺憾ながら院本物《いんぽんもの》の主人公のように、首実検などという勇壮な習慣には、いたって疎《うと》いほうでもあった。

しかし、それにも拘らず、私は決してその首を見誤るようなことはなかったのだ。浄瑠璃本の豪傑のように、生き顔と死に顔とは相好が変わるだろうなどと、躊躇する必要はなかったのである。

蟹のように平たい顔、髭の濃い、粗野で精力的で、不潔な感じさえするほど水々とした顔――それが鵜藤氏の生首以外のものであろう筈がない。頬から顎へかけて、べっとりと血に染まっていて、くヮっと見開いた眼、くいしばった歯、切り口からはみだしたもやもやとした、得体の知れぬ肉片――ああ、そのおぞましさ、気味悪さ、骨の髄まで冷たくなるような見世物とは、全くこの生首のことであったろう。

真珠郎はこうして、恐怖に酔い痴れたように立ちすくんでいる私を尻眼にかけて、ふいにキャラキャラと笑いだした。それから気狂いのようにその首を振り廻した。ちょうど子供が、赤ん坊に玩具《おもちゃ》を見せびらかすように、この恐ろしい代物を手玉にとってみせるのだ。血だらけの頬っぺたに接吻してみせた。切り口からはみだしている、あの気味悪いもやもやを両手で引っ掻き廻してみせた。

だが、そのうちにさすがの彼も、この異常な玩具にたんのうしたのであろう。やがてえいとばかりにその生首をさしあげたかと思うと、はっしとばかりそいつを逃げ水の淵のなかに投げこんだのである。

ドボーン！

にぶい水音がした。ヨカナーンの首は二、三度くるくると水のうえで旋回したかと思うと、やがてブクブクと吸いこまれるように、黒い水のなかに沈んでいった。

舷《ふなべり》に手をかけて、じっとそれを見送っていた真珠郎は、そこでにっと意味深い微笑《ほほえみ》をうかべると、やがてつと身を起こし櫂《かい》をとって、私のほうへは一瞥もくれず、するすると向こうのほうへ漕いでいった。

提灯の灯がしだいに小さくなっていく。水をうつ櫂の音もだんだん遠くなっていった。やがて向こうの岩角を廻ったのであろう。提灯の灯がふっと見えなくなったと思うと、突然、飴のように肌理《きめ》の細かい闇が、どっとばかりに私たちのうえに襲いかかって来たのである。……

私はほっと太い息をはくと、手の甲で額の汁をぬぐった。悪夢が落ちたような気持なのである。気がついてみると、全身にヌラヌラとした汗がいっぱいに浮かんでいて、薄いクレップのシャツが、べたべたと肌に吸いつく気味悪さ。——しかし、私にはその汗を拭うひまもなかった。しなければならぬことが山程もあったのだ。

私はまず第一に由美のからだを抱き起こした。

「由美さん、由美さん、しっかりして下さい。あいつはもう行っちまいましたよ。大丈夫です。しっかりして下さい」

由美はぐったりとしていて返事もしない。手足がしゃちこばっていて、なんともいえないほどの気味悪さなのだ。死んでしまったんじゃなかろうか。私はそう考えた刹那、ゾーッと全身の毛孔がそば立つような恐ろしさをかんじた。考えても見たまえ。このまっくらな洞窟のなかで、もし由美が正気にかえらなければ、私はどうしてここを出ることが出来るだろう。提灯はさっき、由美が水のうえに落としてしまったのだから、よし見つけることが出来るにしても、役に立たないのはわかりきっている。洞窟の外には、しだいに夕闇が濃くなっているにちがいない。もし日が暮れてしまったら、私は洞窟の入り口を発見することも出来なくなるだろう。うっかり間ちがって、方向を取りちがえたら――ああ、そこには、いまだかつて、誰一人足を踏みこんだ者がないという、永遠の暗黒が私たちを待っているのだ。

だがこの時、私はこんなふうに順序立てて物事を考えていたわけではない。

私は夢中になって由美のからだを摩擦した。滅茶苦茶に由美の頬っぺたをひっぱたいた。そうしているうちに、私はふと、袂《たもと》のなかで何かガサガサというものがあることに気がついた。マッチなのだ。煙草を喫わない私はいままでマッチなど持ってあるいたことがないので、すっかり忘れていたのだけれど、さっき提灯に灯をつけたとき、無意識のうちにマッチの箱を袂に放りこんで来たにちがいない。

とにかく、この時私が携えて来たこの一箱のマッチが、どれだけ私を勇気づけてくれたかわからないのである。私は大急ぎでマッチを擦って由美の顔をてらした。由美は歯をくいしばり真っ蒼な顔をしていたが、死んでいないことは瞼がヒクヒクと痙攣しているのでもわかった。

これに力を得た私は、ハンケチに水をしませて、それを喰いしばった由美の歯のあいだから垂らしてやった。それから、いつか海水浴場で見たことのある人工呼吸という奴を、自己流にやってみた。人工呼吸といってもいたって簡単なのである。ただ、両手を握ってぐるぐると振り廻してやるだけだったから。

しかし物事はなんでもやってみるものだ。こいつを根気よく繰りかえしているうちに、ふいに由美が大きな息を吐き出した。

と思うと、くらやみの中からいきなり私のからだに抱きついて来たのである。

「あ、気がつきましたか。由美さん、僕ですよ。椎名ですよ」

「ああ、椎名さん」

と、いってから、由美は急に気がついたように、犇《ひし》とばかりに私の首っ玉にしがみついた。あまり強い力で抱きつかれたので、私は呼吸《いき》がつまりそうであった。

「あいつはどうしまして？　真珠郎は——真珠郎は——」

「大丈夫ですよ。あいつはどこかへ行っちまいましたから安心なさい。われわれも大急ぎでここを出ていかねばなりません。愚図愚図していると日が暮れてしまって、出られなくなるかも知れませんよ」

その言葉は非常に効果的だった。

「すみません。気をうしなったりして——でもあまり恐ろしかったものですから」

「そのことは暫く考えないほうがいいでしょう。とにかく、大急ぎでここを出ていく工夫をしなければ。……待っていて下さい。いまマッチを擦りますから」

マッチをつけると、涙ぐんだ由美の瞳《め》が、じっと私のほうを凝視《みつ》めているのが見えた。大きく、円《つぶら》にみひらいた瞳《め》が、まるで私の姿を吸いとってしまおうとするかのように、じっと私を見ているのである。その凝視があまり異常だったので、私は思わず、

「どうかしましたか」

と、訊ねた。

するとそのとたん、由美の大きな瞳を埋めつくした涙が、ほろほろと頬に溢れて来たかと思うと、彼女はいきなり私のからだにすがりついて、声をのんで泣き出したのである。あまりだしぬけだったので、私はびっくりしたが、それでも出来るだけ優しく由美のからだを抱いてやった。

マッチはむろん由美が縋りついて来た拍子に消えてしまって、あたりはまっくらであった。その中で由美の絶え入るばかりの泣き声が、とぎれとぎれに続くのである。熱い

丈夫です」

涙が私のシャツをとおして、焼けつくばかりに胸にしみとおるのだ。

「どうしたのです。なにも心配することはないのですよ。さあ、私がついているから大丈夫です」

そういうと、由美はいっそう劇しく泣きだした。切ない嗚咽が、たおやかな全身をゆるがした。それをきくと私は制御することの出来ない、嵐のような衝動にかられて、やにわに由美のからだをひき寄せると、汗ばんだ額にぴったりと唇を押しつけたのである。

今から考えると、どうしてそんな大胆な真似ができたのかわからない。だがその時私は、由美のこの劇しい感情の発作は、さきほどからの、あの異常な事件の連続に、弱い心を打ち挫《くじ》かれたせいであろうと、そういう風に考えていたから、出来るだけ彼女を元気づけてやろうと思っていたのである。

ああ、私は馬鹿だった。そのときの由美の心がわからないなんて、私はなんという愚者だったろう！

それはさておき、私の接吻をうけると、由美はいよいよ劇しく泣きだした、が、やがてしだいに感情の奔流がおさまっていくにしたがって、静かに私の腕のなかから身をひいていった。それから、くらやみの中から泣きじゃくりをしながら言った。

「ごめんなさい。こんな場合に泣き出したりして。……マッチをつけて下さいません？」

マッチを擦ってやると、由美の顔は洗われたように濡れていたが、もう泣いてはいなかった。

ましょう」

「では、……」

由美が口ごもりながらいった。

「では――」と、私もその尾について、「出来るだけ早く、ここから出ていく工夫をしましょう」

その時、私たちにはしなければならぬことがたくさんあった。私はマッチを擦って提灯を探した。提灯はすぐ見つかった。幸い浅い泥のうえに落ちていたので、提灯のほうは役に立たなかったけれど、蠟燭はまだ十分間にあった。私はすぐその蠟燭に火をつけた。それからその灯で乙骨三四郎のからだを見てやった。

泥のうえにうつむきに倒れていた乙骨三四郎は、何か重い鈍器ようのもので後頭部をやられたらしく、長い頭髪《かみ》が血に濡れてぐしゃぐしゃに絡みあっているが、幸い傷は大して重いほうではなく、唯昏倒しているだけで、生命《いのち》には別状はなさそうだった。

「有難い！　このようすなら間もなく息をふきかえすでしょう」

「そうね」

蠟燭をもったまま、私の後に立っていた由美は、何故か気のない返事をした。

私はむしろその冷淡さに驚いたくらいだが、しかし、現在《いま》はそんなことを気にかけている場合ではない。今度は鵜藤氏のほうを見なければならぬ番であったが、これはかりは由美も私も、どうしてもその勇気がなかったのである。

そこで私は由美と相談した揚げ句、鵜藤氏のからだは改めて人を頼んでとりに来ることにし、取り敢えず乙骨三四郎のほうだけを外へ運びだすことにした。

そこで由美とふたり、力を合わせて乙骨のからだをボートに積み込むと、私たちは逃げるようにして、この恐ろしい離れ島をあとにした。幸い由美の案内がよかったのと、もう一つには、僥倖《ぎょうこう》にも安全だった蠟燭のおかげで、私たちは地底の闇に迷うこともなく、無事に洞窟から出ることが出来た。出て見ると外には、盆を覆《くつが》えすような豪雨が、沛然《はいぜん》として降っていたのである。

第七章　真珠郎日記

今から思えば私たちは実に危ういところだった。この日の雨は、年代記にも残りそうなほど物凄いもので、あまり広からぬ湖水は、みるみるうちに増水していったから、もう少し愚図愚図していれば、滔々《とうとう》と渦を巻いて、洞窟のなかに流れこむ濁流にのまれて、私たちはどんな恐ろしい破目になっていたか計り知れないのである。

浅間の噴火は、さきほどから較べるといくらか衰えたようでもあるが、それでも物凄い火の柱が空高く突っ立っているのを見るのは、決して気持ちのいいものではなかった。おまけに風を混えない豪雨は、まるで玻璃《がらす》の玉簾《たますだれ》でも懸けつらねたように、太い棒縞となって、まっすぐに湖水のうえに降り注いでいるのである。その凄まじい音を聴き、天地を圧する火の柱を見ているうちに、私は今にも、この世が終わってしまうのではないかというような恐怖にうたれた。私の臆病を嗤《わら》う人があったら嗤ってもいい。それはこういう、異常な経験を経てきたもののみが知る恐怖だったから。

　しかし、私はここでこれ以上、くどくどと、つまらない詠歎をくりかえすことはさしひかえよう。私には、語らなければならぬことが、まだまだ山ほどもあるのだから。

　私たちは取り敢えず乙骨三四郎を鵜藤氏の万年床に寝かせると、手早く傷の手当てをしてやった。この手当てがよかったのか、それともその時機が来たのか間もなく乙骨三四郎は息をふきかえした。

　だがこの時、彼が最初に示した素振りというのは、非常に私を驚かしたのである。しばらく彼は、ぼんやりとした眼つきであたりを見廻していたが、やがて自分の寝かされているところが、殺された鵜藤氏の寝床だということを知るとまるで毒虫にでも刺されたように、寝床から跳びあがった。そして二言三言激しい言葉を私たちに浴びせかけたが、すぐ気がついたように、

「失敬、失敬！　僕は恐ろしい夢を見ていたようだ。いったい、どうしてこんなところに寝ているのだね」

　私はなんとなく腑に落ちなかった。その瞬間の乙骨の凄まじい顔色が、私の瞳《め》にあざやかに焼き付けられていて離れないのである。乙骨のような男でも、やっぱり縁起を担ぐということはあるのだろうか。

　しかしいま、眼のまえに蒼い顔をして、頭をかかえ込んでいる男を見ると、それ以上

追求する気にもなれない。そこで私が手っ取り早くさっきの出来事を話してやると、

「フーム、それじゃあの媼さんが真珠郎だったのかい？」と、乙骨も眼を見張って、

「僕には何もわからなかった。なんしろ鵜藤氏の屍体を見付けて、そいつをもっとよく調べて見ようと屈みかかったところを、いきなり背後《うしろ》からぐゎんとやられたんだからね。あ、痛ッ」と、乙骨は歯を喰いしばりながら、「だが、こうしちゃいられない。とにかく大急ぎで警察へ報らせなきゃ。——」

「ふむ、君の気がつけば、ひと走り行って来ようと思っていたところだ」

「そうか、それじゃ済まないがちょっと行って来てくれないか。僕も一緒に行ければいいのだが、こう頭が痛くちゃ。……」

「いや、君はここにいてくれたまえ。由美さん一人のこしておいちゃ気の毒だ。しかし、傷は痛むかい」

「ふむ。あんまり有難くないほど痛むな。あ、畜生——フーム。が、まあいい、大急ぎで行って来てくれたまえ」

私はすぐ立ちあがった。由美は私のために傘《からかさ》だの下駄だのの用意をして、玄関まで送ってくれたが、私が外へ出ようとすると、何を思ったのか、いきなり、

「椎名さん」

と、背後から呼びかけた。

「え」と、振りかえって、「何か用事？」

由美は無言である。例の大きな眼を見張って、吸い込むように私の顔を眺めていたが、急に気がついたように肩をすぼめて、

「まあ、外はまっくらね。気をつけて行って頂戴ね。そして出来るだけ早く帰って来て」

その時、傷が痛むのか座敷の中から、

「由美さん！　由美さん！」

と、苛立つような乙骨の声がきこえた。それをきくと由美はどうしたのか、靴下のまま土間へとびおりて、私のそばへ駆けよると、いきなり帯の結び目に手をかけた。

「椎名さん、気をつけて行って来てね。あたしなんだか怖いのよ。ねえ、わかるでしょう。あたし、怖いのよ」

下から覗きこむ由美の眼はふるえているのである。

「怖い？　真珠郎がですか？」

「え？」由美はちょっと息をひいたが、すぐ忙しく言葉をついで、「ええ、そうよ、そうよ、そうなの。だから一刻も早く帰って来てね」

「大丈夫ですよ。ああして乙骨君がいるんだし、それに僕のことなら心配しないで下さい。僕はこれでも自分の身を守る術《すべ》ぐらい知っていますよ。なあに、あれしきの美少年」

私が肩をそびやかして見せた時、またもや、

「由美さん！　由美さん！」と、嚙みつきそうな乙骨の声がきこえて「椎名君、君はまだそんなところで愚図愚図しているのかい」

「うん、いま出かけるところだ。じゃ由美さん、後のところは頼みます」

私はパチッと蛇の目をひらくと、由美の手をふりはらってさっと豪雨のなかに跳び出した。なんとなく、乙骨の声に脅《おびや》かされるような気持ちだったのである。

だが、幸いにして私は、それほど長くこの豪雨をおかして歩く必要はなかったのだ。暫くいくと向こうから、傘をかたむけてこちらへやって来る人に行きあった。

「あ、鵜藤さんとこのお客さまじゃありませんか」

そういいながら、傘のかげから顔を出したのは、私たちをそもそもここへ案内して来たあの便利屋だったのである。後で由美から聞いたのだが、織本というのがこの男の名前だった。

「ちょうどいいところで会いました。何か変わったことはないかと思って、いまお見舞いにあがろうとしたところです」

いいところであったというのは、向こうよりもこちらの方だった。変わったことどころじゃない。大変なことが起こっているのだ。私は出来るだけ相手を驚かせないように、言葉を択びながら手短かに事情を話すと、大急ぎでこのことを村の駐在所へ報らせてくれるように頼んだ。織本はむろん、びっくりしてふるえあがった。それから信じられないという表情をして私の眼のなかを覗きこんだ。が、つぎの瞬間、くるりと踵《きびす》をかえすと、傘を傾けて、韋駄天のように、折りからの豪雨をついて走り去ったのである。

この男に途中で出遭ったことは、非常に私の手間を省く助けになった。私は予定の半分の時間もかからないで、春興楼へかえって来ることが出来た。乙骨三四郎にしても、私がこんなに早く帰って来ようとは夢にも思っていなかったにちがいない。それに、折りからの豪雨のために、私の帰って来たのが分からなかったのであろう。玄関わきに傘をおいて、何気なく座敷へはいりかけた私は、思いがけない光景をそこに発見して、はっとしてそこに立ちすくんでしまった。

人間というものはずいぶん身勝手なものだと思う。お前だってさきほど、洞窟のなかで由美の額に接吻したではないかといわれれば、一言もないのである。しかし理窟と感情とは自《おの》ら《ずか》別物と見える。その時、赤茶けた畳のうえでしかもたった今殺されたばかりの人の寝床のそばでだ——抱き合うようにして坐っていた男女の姿を見た刹那、私はなんとも名状しがたいほどの憎悪と憤怒を感じた。

二人は私の跫音をきくとはっとして飛びはなれた。由美は眼のやり場に困るというふうに、おどおどとそこで躊躇《ため》らっていたが、やがて、両手で顔を覆うと、逃げるようにして座敷から出ていった。由美が出ていったあと、私たちの間には、ちょっとの間、気まずい沈黙がつづいた。だが、やがて乙骨三四郎は太々しいせせら笑いをうかべると、

「まあ、はいりたまえ。また、いやに早かったじゃないか」

「途中で、このあいだわれわれを案内してくれた男に会ってね、万事よろしく頼んで来

たのだ。しかし、早すぎて大変、御迷惑のようだったね」

「それ、厭味かい」

「いや、お目出度うと言っているんだ」

「ふん」乙骨はせせら笑うように鼻を鳴らし、肩をそびやかせると「大きなお世話だ。しかし、まあいい、いずれこのことは後ほど話そう。別に、君に隠すつもりは毛頭なかったのだ」

「約束したのかい」

「うん」

「いつ」

「たった、今だ」

「ふうん」私はなんということなく太い溜め息を洩らしたが、すぐ思い直して、

「結構なことだ。鵜藤氏が亡くなれば、由美さんはおそらく金持ちになるのだろう――いや、失敬、失敬！　こういうことは言うつもりじゃなかったんだ」

「いや、なんと言われても仕方がないよ。お察しのとおりだからね」乙骨は毒々しい微笑《わらい》をうかべて「だが、まあ、このことは暫く不問に付してくれたまえ。それより、さしあたってわれわれは、警官が来るまでに、いろいろ準備をしておかねばならぬことがあるだろう」

「準備？　何を準備するのだい？」

「警官という奴は、いつでも疑いぶかいものだからね。何も嘘を用意しておく必要はないが、下手な答弁をして、つまらない疑惑を招くのは愚かだからな」

「それもそうだ」

「それにわれわれは何一つ知っていないじゃないか。たとえば、あの真珠郎という美少年だ。いったいあいつはどういう男だろう」

「由美さんに訊けばわかるだろう」

乙骨三四郎が大声で呼ぶと、しばらくして由美が現われたがどうしたのか眼のふちがまっかに泣きはらして、さっきから見ると年齢《とし》が二つも三つも老けて見えた。これがたった今、婚約したばかりの女の表情《かおいろ》だろうか。

「なにか御用？」

そういう声は氷のように冷たく私の胸をさした。しかし乙骨は気にもとめないふうで、例の質問を切り出した。由美は黙ってそれを聞いていたが、聞き終わると、無言のまま部屋を出ていったが、しばらくすると手燭に灯《あかり》をともして現われた。

「こちらへ来て下さい。御案内しましょう。お見せするものがあります」

私たちは由美について暗い廊下へ出ていった。豪雨はさきほどから見ると、いっそうその勢いを加えて、庭にはまっしろな滝がかかり、樋に溢れた雨水が噴水のように吹きあげている。由美はワン・ピースの腕で手燭を囲うようにして、先きに立つと、廊下を曲がって例の蔵のまえに立った。

「真珠郎はこの蔵の中に監禁されていたんです」

由美は手燭を持ったまま私たちのために道をひらいた。蔵のなかは漆のような重い暗闇に塗り潰されていて、さすがの乙骨も先に立ってはいるのが躊躇されるようであった。

「二階ですか。階下《した》ですか」

「階下です。でも、もう二度とここへ帰って来るようなことはありますまい。鎖を断《き》って逃亡したのですから」

私たちはその言葉に力を得て、やっとその蔵のなかへはいっていった。いつか私は、この蔵の二階へ諸君を案内したことがある。そしてその時、この蔵の中についてはもっと後ほど、詳しく語る折りがあるだろうと約束しておいたが、それはこの時期《とき》をさしたのである。この蔵の中にかくされた世にも奇妙な部屋を見、そして、由美の口から、奇怪極まる物語の片鱗をきいた時ほど、私はこの世の呪いというものを、ひしひしと、切実に感じたことはなかった。

マクベス夫妻が主君ダンカンを寝室の中で殺害する。と、つぎの瞬間、門番が登場してなんとも得体の知れぬことを、酔漢《よっぱらい》のような調子で喧《わめ》きちらす。私はシェクスピアを繙《ひもと》いてその場面にいたる毎に、いつも慄然たる鬼気を感ずるのであるが、この時の感じは、たいへんそれに似たものであった。

蔵の中には、もう一つ別のドアがあった。これはおそらく、後になって付け加えられたものであろう。二階へ登る階段の横にあって、真っ黒に塗り潰してあったから、この間は少しも気がつかなかったものである。

　由美はこの扉をひらいた。そして、それでも尚、私たちが躊躇しているのを見ると、自ら先に立ってなかへはいり、天井からブラ下っていたランプに火をうつした。すると、私たちの眼のまえに、先ず第一にうかびあがったのはなんともいえぬほど、滅茶苦茶な色彩で塗り潰された不思議な四つの壁だった。いや、壁ばかりではない、床といわず、天井といわず、ちょうど舟のカムフラージにも似て、いや、それよりも、もっと毒々しい、混乱した色彩の配合がそこにあった。赤だの青だの、黄《きい》だの、紫だの、およそ気狂いじみた強烈な色が、なんの秩序も、なんの統制もなく、あたりいちめんに、ベタベタと塗りつけてあるのだ。ひとめ見て、それは頭が痛くなるような、いや、それ以上に気が狂いそうな、なんとも名状することの出来ないような、奇怪な色彩地獄であった。

「伯父はここで真珠郎を気狂いに仕立てようとしていたのです。いや、気狂いよりも、もっと恐ろしい人間に仕立てようとしていたのですわ」

　由美はかたわらのテーブルのうえに手燭をおくと、重い溜め息をついた。

「考えても御覧なさい。一人の人間が生まれながらにして、社会の習慣や規律や道徳から一切、きりはなされて、このような部屋のなかで、ありとあらゆる残虐な『悪』の教育をうけて来たとしたら、いったいその男はどのような人間になるでしょう。うまれ落ちた瞬間から、その男はこの世の真、善、美、または愛というような感情から一切隔離されてしまったのです。そして、その男を育てあげた感情というのは、彼をある一定の方向へ進ませようと計画された、注意ぶかい、憎悪と呪詛と、復讐と、残虐と、虚偽と、陰謀と、ありとあらゆるこの世の悪い性質のものばかりだったのです。御覧なさい。そこにある鞭やその他さまざまな責め道具を。——そして、その男を美しい外《ほか》の世界から遮断するために繋ぎとめておいたこの鎖を。——」

由美は床のうえに断ち切られた、太い鉄の鎖を指さした。それから鞭や、その他さまざまな恐ろしい責め道具を指さした。この責め道具についてはあまり多くを語ることは差しひかえよう。もしここに書きとめたところで、それは到底活字にして公表することは許されないだろうからである。とにかく、諸君が極端に残虐で、非人道的な種類のものを想像することが出来たとしても、なおかつその時私が実際に目撃した、その恐ろしい品々に及ぶことが出来るかどうか甚だ疑問だと思わざるを得ない。あのルイ十四世の治世時代におけるバスチーユと雖《いえど》も、これだけの道具が揃っていたかどうか疑わしいと思うのである。

「御覧なさい。あの壁にかかっている美しい真珠郎の写真を。——」

由美はそういって、思わず声をふるわせた。なるほど、そこには引き伸ばされた大きな美少年の写真がかかっている。それは確かに先程、私たちがこの眼でみた、あの恐ろしい殺人美少年の肖像にちがいなかった。房々と額に垂れた金色の髪、玉虫のようにネットリとした輝きをおびた瞳、濡れているような唇。——あまりの異常な美しさに、私は思わずチリチリとふるえあがったのである。

「誰でもそうだろうと思いますわ。おそらくあらゆる人が、この写真を見て戦慄するだろうと思います。これはつい二、三ヶ月まえ、今年の春の終わりごろに撮影したものです。でも、もう一度この写真を見直した人は、今度はきっと、もっと別の感情で戦慄しなければならぬと思うのです。私たちは、人間の美しさというものは、必ずしもその外貌ばかりにあるのではなく、もっと内在的な高い教養、洗練された感情、それから精神的な善により多く依存しているものだということを知っています。この人にはそれが欠けています。御覧なさいこの瞳を。――美しいけれど、そこには魂の純真さに欠けています。御覧なさい、この唇を。――艶々しいけれど残念ながら、高い教養と、洗練された智的なひらめきに欠けるところのあるのを、お認めになるでしょう。いや、そればかりか、何かしら、邪悪な、汚濁した精神、――一種、白痴的な溷濁《こんだく》した魂の倒錯をお感じになりませんか。この容貌と内在的な魂の不均衡が、いっそう私には恐怖をあたえるのです。これが真珠郎の正体なんですよ」

由美はそこで言葉をきると、私たちの顔を見較べた。それから寒そうに肩をすぼめると、深い溜め息を吐いた。

「この人の体内には、父系と母系の両方から蒸溜されて来た、最も純粋な『悪』の血が流れているのです。この人の父の血統は代々殺人者と発狂者とを出したということです。現にこの人の父という人も、十何犯という悪事を重ねて、後には牢獄で狂死したということです。この人の母は美しい山窩《さんか》だったといいます。嘘つきで、無節操で、手癖が悪く、しかも非常に残虐な性癖をもった一種の白痴だったのです。伯父はそういう二人を、自分の計画の選手として、どこからか見つけて来ると、まっくらなこの蔵の中で結婚をさせました。二人の間には間もなく、一人の子供がうまれました。それが真珠郎だったのです。つまり真珠郎は一つの伯父の創作物だったのですわ」

「しかし、鵜藤氏はそんなことをして、いったい、どうするつもりだったのですか」

話のあまりの奇怪さに、私はなんとも言えない暗さをかんじながら、そう反問した。

「世間へ復讐するためだったのですわ。自ら悪事を行なって、それに制裁を加えた世間へ、より大きな災禍《わざわい》を送ることが復讐とよぶことが出来るなら。——いつかもちょっとお話しましたけれど、今こそはっきり申しあげますわ。今から二十数年まえ、伯父は東京のさる医科大学の研究室にいたのです。その時分伯父は、非常に世話をうけた、それこそ何ものにもかえがたい程の恩をうけた先生の夫人と懇《ねんご》ろになったのです。それだけでも許しがたい、大きな罪だったのですが、たいへん人のいい先生は、この罪を不問に付したばかりか、全く別の口実で夫人を離別すると、それを弟子である伯父にあたえたのです。伯父はそれをいい事にして、夫人と同棲しましたが、伯父のその女を遇する方法は実に惨酷を極めたといいます。夫人は間もなく自殺しました。そして夫人を愛することの深かった先生は、悲惨な夫人の末路に、懊悩《おうのう》の極、これまた毒を仰いで死んだのです。伯父はそれでもなおかつ恬然《てんぜん》としていましたが、どうして世間がそれを許しましょう。やがて猛烈な糾弾の火の手が、先生の友人や他のお弟子のあいだからあがりました。伯父は徹底的にやっつけられました。もしあなたが今から二十数年まえの新聞を御覧になれば、当時の世論がいかに辛辣なものであったかお分かりになるでしょう。伯父は法にこそ問われませんでしたけれど、社会的には死刑を宣告されたも同じだったのです。伯父はあらゆる名誉、あらゆる地位を寸断されて、この湖畔へ逐われて帰りました。この事件に関する限り伯父には寸毫も同情すべき余地はなかったのですけれど、にも拘らず、当の本人は、社会に対して猛烈な呪詛を抱きはじめました。伯父は反省するということを知らない人です。間もなく伯父は、いかにもその人らしいやりかたで、この社会へ復讐しようと思いたちました。そして何十年がかりという、大仕掛けな計画で、人間のペスト菌を培養しはじめたのです。──御覧なさい。ここに真珠郎がうまれた時から、現在にいたるまでの生い立ちを示す、一年毎に撮影した真珠郎の写真と、毎日毎日伯父が書きつけた、観察記があります。伯父はこれを真珠郎日記とよんでいましたが、これをお読みになれば、伯父がどのような熱心さをもって、この人間のバチルスの成長を楽しんでいたかお分かりになるでしょう」

　そういいながら由美は、テーブルのうえに積みあげられた尨大な数十冊のノートを指さすと、

「それをお読みになれば分かるでしょうけれど、真珠郎は実に、伯父の理想的な人物として成長したのです。奸悪で情というものを露ほども知らず、陰険で疑いぶかく、あの美しい顔に平然たる微笑をうかべながら、どんな惨忍なことでも平気でやってのけるの

です。ああ、伯父の計画は見事に成功したのですね。よし、首途《かどで》の血祭りにあげられたのが、自分自身であったとしても、伯父はきっと、草葉の蔭とやらで、会心の微笑を洩らしているにちがいありません。虎は野に放たれたのです。いやいや、虎よりも、もっともっと恐ろしい人間ペストが……」

由美はそういって、両手で顔を覆い、肩をふるわして、さめざめと泣きだしたのであった。

第八章　美しき二匹の野獣

その翌日は嘘のような好天気だった。夜来の豪雨が晴れあがると共に、空は拭われたような深い群青色に澄みわたり、湖畔をわたる風も、秋というよりも、むしろ初冬にちかい冷気を加えていた。

昨夜ひとばん荒れ狂った浅間の山も、明け方ごろより眼に見えて、静かになって、折り折り西風にのって、まだ灰だの熔岩だのが、いくらか降って来たが、それも昨日《きのう》の夕方から見ると、まるで嘘みたいに僅少なものであった。

しかし、湖畔に住む人たちは、暁と同時に、浅間の噴火よりももっと恐ろしい事件をききつたえて、色をうしなって狼狽しなければならなかった。村の駐在所よりは、昨夜《ゆうべ》すでに一人の警官が駆けつけていたが、夜が明けると共に、ちかくの市《まち》から、物々しい顔つきをした警官や刑事を運んで来て、日頃、平穏無事に慣れたこの湖畔の住民どもを、恐怖のどん底に叩きこんだのである。

この警官連中のなかに志賀という司法主任があった。この人は、この恐ろしい物語のずっと終わりの方になって、もっとも悲劇的な場面にもう一度顔を出すから是非とも記憶していて戴かねばならぬが、捜査にあたって采配をふるっていたのは、主としてこの人だった。

まだ若い、どこか学生気分の抜けきらぬような人物で、私たちの取り調べにあたっても、十分の尊敬と信頼をはらってくれるようであった。だから、私たちもあまり不快な思いをせずに、出来るだけ警官たちの便宜をはかることが出来たのである。

志賀司法主任は私たちの陳述をきくと、直ちに部下の刑事連中を八方に走らせた。この時の警察の活動を一々詳細に記《しる》すことは、非常に興味のあることに違いないのだが、それではあまり冗々《くだくだ》しくなる懼れがあるし、それに私は一々その捜査に立ちあったわけではないので、ここでは自分で直接見聞したことだけを、出来るだけ簡単に書き記《しる》すに止めよう。

先ず第一に着手されたのは、屍体の捜査だった。しかし、これには非常な困難がともなったのである。というのは昨夜の豪雨のために著しく湖水の水位がたかまって、あの逃げ水の淵にはいる入り口が、二つとも水のために閉鎖されていたからである。水は轟々たる渦を巻いて、はるか水面下にある洞窟の中に流れこんでいた。これでは、厭が応でも二、三日待って、自然に減水するのを待つよりほかにしようがなかった。

しかし、もしその間に屍体がどこかへ流れてしまったら？　……この事件で、最後までもっとも困難とされたのは実にその点であった。事実、鵜藤氏の屍体は遂に終わりまで発見されずにしまったのである。私はこのことが、事件をあんなに困難ならしむるとは夢にも思っていなかった。たとえ屍体が発見されなかったとするも、実に三人の人間が、その殺人現場を目撃しているのだから、常識的にいえば、それで十分ではないかと考えていたのだが、法律家の立場からいうと、いくぶんそれは変わったものになって来るらしい。

なるほど、乙骨三四郎と私の二人は舟の中から、そして由美は展望台のうえから、共にあの恐ろしい現場を目撃している。しかし、果たして、あの際、ほんとうに鵜藤氏が殺されてしまったかどうかという点になると、それは三人とも断言することが出来ないのである。

「常識的にいえばね、あなたがたのその証言だけで十分なのですよ」

と、志賀司法主任はさとすように、われわれに教えてくれた。

「しかし、これを告訴するとなると、またいくらか違って来るのです。殺人事件を構成するためには、法律家という奴は、なによりも被害者の屍体という奴を要求します。つまらない考えですよ。しかしね、早まって告訴したあとで、被害者が生きていたという実例がいくらもあるのですからね」

「しかし、まさか首をちょん斬られた奴が、生きかえったという例はありますまい」

「それはそうです。しかしね、首をちょん斬られたのは鵜藤氏だったということを、この場合証拠立てるものは何一つないのですからね。なるほど、あなた方は三人とも、洞窟の中で、鵜藤氏の——というよりも鵜藤氏と思惟《しい》される屍体を見られた。しかし、それは着衣によってそう判断されただけで果たして、それが鵜藤氏の体にちがいなかったと神かけて断言することが出来ますか」

「さあ、それは。——でも、私は現にこの眼で鵜藤氏のちょん斬られた生首を見たのですよ。ええ、間違いありませんとも。あれが鵜藤氏の首でなかったら、私はよっぽどうかしていますよ」

「そう、おそらくそれに間違いはありますまい。しかし、慾をいえばこの場合もう一人ほかに、あなたのその言葉を裏づけることの出来る証人がいればいいのですがねえ」

「それは、乙骨君にしろ、由美さんにしろ……」

「ところが、二人とも駄目なんです。二人ともあの屍体を鵜藤氏のものにちがいないとは主張していますがね、ごぞんじの通り、乙骨君はその屍体を調べようとした刹那、背後《うしろ》から殴打されて昏倒してしまったといっているでしょう。それから由美さんだが、このほうも、真珠郎が生首を持っているところを見るには見たが、あまりの恐ろしさに気が遠くなってしまって、それが果たして鵜藤氏のものだったか、どうか、はっきり断言しかねる状態にあるのです」

なるほどそう言われればそうにちがいなかった。して見ると、鵜藤氏が殺害されたということを、最後まで主張することの出来るのは、かくいう私よりほかにないことになるのである。それにしても、法律家という奴はなんという廻りくどい考えかたをするものだろう。これでは犯罪事件の証人という奴も、なかなか軽々には出来ないわけである。

「すると、あなたはこの殺人事件に対して疑念をお持ちになるのですか」

「いま、殺人が行なわれたであろうということに対しては、私は毫も疑いを挟みません。しかし、あなたがたの目撃された屍体が、鵜藤氏のものであったかどうか、その点になると私はどうも疑念なきを得ないのです。なぜ真珠郎というその人物は鵜藤氏の首を斬りとらねばならなかったのでしょう。首を切断するということは、仲々容易な業じゃないのですよ。その困難と危険をおかしてまでなぜ鵜藤氏の首を切断しなければならなかったか。——どうも私には腑に落ちぬところがあるのです。だが、まあこの疑問は時期が解決してくれるでしょう。今に水が退いて、屍体が発見されれば、なにもかもわかるのですから」

だが、前にもいったように、鵜藤氏の屍体はついに発見されなかった。それから二、三日の後、水が退いて、洞窟への出入りが自由になったときには、屍体はすでにあの小島のうえにはなかったのである。警官たちの数日間にわたる努力も遂に効がなかったのだ。屍体も、それから真珠郎が投げ込んだ生首も、共にあの出水のために、遥か洞窟の奥のほうへ流されていったのにちがいない。二つともこの物語が終わった今となっても、未だに発見されないのである。おそらくそれは、洞窟のはるかはるか奥のほうで、腐って、骨になって、永久に人の眼に触れることはないであろう。

私たちは間もなく、自分たちが非常に妙な立場にあることに気付かねばならなかった。警官の必死の努力にもかかわらず、真珠郎の行くえは遂にわからなかった。いったい、あの奇怪な美少年は洞窟を出ていってから、どこへ消えてしまったのだろう。あらゆる街道、あらゆる交通機関、あらゆる宿場宿場が取り調べられた。しかし、あの素晴らしい美貌をもった男を目撃した者は誰一人いないのである。ひょっとすると彼自身、鵜藤氏の屍体や生首と一緒に、洞窟のなかの永遠の闇に溶けこんでしまったのではないかと思われるほど、杳《よう》として彼の消息は杜絶えてしまっているのである。

もし、鵜藤氏の手になるあの恐ろしい『真珠郎日記』と、それから真珠郎をうまれた時から三年まえまで世話をして来たという爺やが発見されなかったら、そしてその爺やの奇怪な物語がなかったら、ひょっとするとそういう人物の存在からして、私たちの幻想として拒否されたかも知れないのである。

私はあの『真珠郎日記』の一節を、ここに抜粋することが出来ないのを、たいへん残念に思う。おそらくそれは、現在《いま》でもあの市《まち》の警察に保管されているのだろうが、私がこの物語を起草するまでには、遂に入手することが出来なかった。

しかし、私たち、私と乙骨三四郎の二人は、あの夜、警官が来るまでにざっとその日記に眼を通しておいたから、詳しいことはわからぬなりに大体の印象は形造ることが出来るのである。それは実に恐ろしい、言語道断な悪逆な魂を持った、一個の人間バチルスの成長記録だったのだ。

志賀司法主任も、この日記にはよほど驚いたらしい。いくどもいくども繰りかえして読んだようだが、ある日、私に向かってふとこんなことを言ったのを憶えている。

「あなたはこの日記のある部分について、不思議にお思いになりませんか。ほら、この日記には、毎年、年のはじめに撮影した真珠郎の写真が貼りつけてあるでしょう。はじめのほうは、一糸も纏わぬ裸体の赤ん坊からはじまって、ちょうど二十年間の写真が、毎年毎年貼りつけてあります。この写真でみると、真珠郎という男の成長の過程がはっきりとわかるのですが、どうしたのでしょう。去年の分と、一昨年の分とは、その写真が剝ぎとられて失くなっているではありませんか。そして、日記もそのへんになると、全くブランクになっています。これはどういうわけでしょうね」

「さあ」

私だって、そんなことがわかりようがないのである。そこでいい加減に、

「おそらく、その時分から鵜藤氏は中風になったので、日記をつけることが出来なくなったのでしょう。写真を剝ぎとったのは、おそらく真珠郎なんでしょうね」

というと、志賀氏はうなずきながら、

「或いはそうかも知れません。しかし、何故そんなことをしたのでしょう。剝ぎとるなら、何故、全部を剝ぎとらなかったのでしょう」

「さあ、由美さんにでも訊いてみたら如何《どう》です」

　しかし、由美にもその説明はつかなかった。日記のブランクになっている点については、私の言った通りで、鵜藤氏が脳溢血のために倒れたのが、ちょうど三年まえであったから、それ以来、日記をつけるのを怠ったのだろうということであったが、写真を剝ぎとったことについては、由美にも分からないというのである。

「この写真の原板はありますか」

「さあ、原板はおそらく一枚もあるまいと思います。伯父はいつも自分で写真を撮ったのですが、原板はどういうわけか、全部破棄していたように思いますから」

　なるほど、写真機その他一切の付属品は発見されたが、原板は一枚もなかった。後になって乙骨にそのことを話してやると、彼も非常に不思議に思っているようすであった。言い忘れたが、乙骨はこれら捜索のあいだ、頭に受けた傷の痛みが再発して、ずっと床につききりだったのである。

「ああ、僕が起きられたらなあ、僕が起きられたらなあ」

　乙骨はそう言って、歯がみをして口惜しがっていたのである。

　さて、ここに前にいった爺やの物語というのを書きつけておこう。爺やというのはいうまでもなく、由美がこの邸へ来るまで、二十数年にわたって、鵜藤家に仕え、そして真珠郎の面倒を見て来た人物なのである。由美が来ると間もなく爺やは暇をとって、郷里のU市にかえっていたのだが、その住所は由美がよく知っていた。

既に七十に垂《なんな》んとする老爺であったが、その老爺が警官の問いに対して答えたのは、次のような、実に奇怪極まるものだったのである。

「わたしはもう先《せん》から、このような事件が起こらねばよいがと、内心ひそかに恐れていたのでございます。いや、恐れていたからこそ、三年まえに、無理に願ってお暇《ひま》をいただいたのでございました。はい、真珠郎という、あの不思議な人物もよく存じております。あの人がうまれた時から、十八になる年まで、ずっと面倒を見て来たのはかくいう私でございますもの。忘れもしません、今から二十一年まえ、大正十一年の春のことでした。その時分あのお邸には、旦那さまと私と二人きりで住んでおりましたのですが、ある晩、旦那さまが、どこからか一人の若い娘をつれて参りました。たいへん美しい娘でしたが、私はすぐにその娘が山窩であることを知ったのでございます。おまけにその娘は白痴でございました。ところが、この娘を連れて来た方法というのが非常に変わっておりますので、乗り合い馬車をすっかり黒い布で包んでしまって、しかもその眼には眼隠しがしてありました。旦那はその娘を連れてくると、すぐにあの蔵の中に放りこんでしまったのでございます。御承知でございましょうが、あの蔵の窓には絶対に外から見えないように眼隠しがしてございますが、あれは、その時分こさえたものでございます。さて旦那さまがわたしに申されますには、この娘と絶対に口を利いてはならぬ。ましてや、ここがどこであるか、またわたしたちが誰であるか、そういうことを絶対に知らせてはならぬということでございました。私は妙に思いましたが、旦那さまの命令にそむいてはならぬと思って、三度三度御飯を運んでやりました時にも、決して口を利かぬようにしておりました。ところが、それから間もなく旦那さまは、またどこからか、ひとりの若い男を連れて参りました。たいへん、いい男でございましたが、この時もまえと同じで、乗り合い馬車を黒い布で包み、男の顔には眼隠しがしてありました。これがつまり前につれて来た娘のために、旦那さまが撰んでやったお婿さまで、やがてこの蔵の中は、不思議な夫婦の住居《すまい》となったのでございます。旦那さまはこの人たちに、絶対に外へ出ることを許しませんでしたし、また窓から外を見ることも許しませんでした。いや、見ようと思っても、あの眼隠しのために、見ることも出来ませんでしたろう。だから、おそらく二人とも、最後までここがどこであるか、またわたし達が何者であるか知らずにいたのにちがいありません。むろん、わたしも固く口止めをされていましたので、この蔵の中に、そんな不思議な夫婦が住んでいることなど、世間には誰一人知っているものはなかったのでございます。今思い出してもぞっとします。どこの何者とも知れぬこの二人は、まるで二匹の獣かなにかのように、このまっくらな蔵の中で、一年あまりも生活していたのでございます。そのうちに、二人の間に男の子がうまれました。まるで珠のように綺麗な子で、この子供がうまれた時の旦那さまの喜びったらありませんでした。珠のように綺麗な子だというところから、真珠郎という名前をつけました。ところが不思議なことには、この子供がうまれると間もなく、旦那さまは、又、まえと同じような方法で、夫婦を別々にどこかへ連れていってしまいました。後から考えるのに、旦那さまが欲しかったのは、二人の間にうまれる子供だったらしく、夫婦その人にははじめからなんの用事もなかったらしいのでございます。それから、旦那さまの不思議な真珠郎の養育がはじまりました。ああ、そのことは考えてもぞっと致しますから、あまり詳しく聞かないで下さい。おそらくお嬢さまからお聞きになったことでございましょうが、それはそれは恐ろしい教育法でございました。地獄という言葉はきっと、ああいう遣り方に対して申すことでしょう。ところがそういう躾《しつけ》のせいですかどうか、あいつが又実に恐ろしい奴で、小さい時から、何を一番喜ぶかというと、生き物を殺すのが、何よりも好きなのでございます。猫でも鼠でも、兎でも、蛇でも、なんでも殺しては首をちょん切ってしまうのでございます。そして血塗《ちまみ》れにしてはゲラゲラと喜んでいる。するとまた、旦那さまが大変御満足のようすで。……死んだ方を悪くいうのではありませんが、ああなったのもみんな旦那さまのお躾けなので、はいはい、まるで鬼のような方でございました。今から考えても、自分でよく十八年も辛抱が出来たものだと思います。はい、由美さまがお見えになったのを機会《しお》に、お暇《いとま》をいただいたのでございますが、その時、真珠郎はたしか十八になっていました。はいはい、この写真はたしかに真珠郎にちがいございません。尤もあれから三年ちかくなりますから、その後《のち》いくらか変わったようですが、でも、こんな綺麗な人間って、滅多にほかにあるものではございません。こんなことを言っては何んでございますが、旦那さまがああなられたのはみんな自業自得でございます。承わりますと、真珠郎が旦那さまを殺して、首をちょん切ったのだそうで、それもこれも、みんな旦那さまがそういう風に教えこんで来たからでございます。南無《なむ》阿弥陀仏《あみだぶつ》、南無阿弥陀仏」

第九章　秋のわかれ

これを要するに、われわれの捜索はちょっとも前進していなかったと、いうことが出来るだろう。

なるほど、われわれはずいぶんいろんな事を知った。恐ろしい秘密や、不可思議な事実が、われわれのまえで明るみにさらけ出された。真珠郎のような男が、どういうふうにしてうまれたか、またあのような悪虐な魂が、いかにして育《はぐく》まれたか、それらの点について、私たちは遺憾なきまでに、詳細な知識を蒐集することが出来た。

しかし、われわれがその時求めていたものは、このような知識よりも、むしろ率直な実体なのだ。どうして真珠郎がうまれたかという、過去の事実よりも「真珠郎は何処にいる」という現在の問題こそ、われわれにとっては必要だったのである。しかも、それについて私たちはいったい、何を知っていただろう。あの洞窟のくらやみを出ていって以来、真珠郎はまるで空気のように消えてしまったのだ。それこそ、大海に垂らした一滴の水のように、この世から、完全に姿をくらましてしまったのである。

ある日、私は湖畔で志賀司法主任にあった。思いがけない難捜査にぶつかって、いく

らか焦り気味に見えた志賀氏は、私の顔を見ると打ち沈んだ調子で、

「いよいよ、御帰京なさるそうですね」

と、声をかけた。

「ええ、いつまでこうしていてもはてしがありませんから、一先ず引き揚げようと思っています。しかし、御用があればいつでも馳せ参じますよ。東京の住所は、乙骨君がよく知っている筈ですから」

「おや」と、志賀氏は眉をひそめて、「それじゃ乙骨さんはお残りになるのですか」

「ええ、残ると言っています。何しろ由美さんには親戚といって、ひとりもないそうですし、かたがたこういう事件の後でもあり、男手がどうしても必要でしょうからね。僕も、もう少し残っていたいんですが、学校のほうの都合もありますから。……」

「そうでしょうとも」

志賀氏は何か考えるふうで、じっと湖のうえに眼をやっていた。

その時、私たちはいつか奇怪な老婆に会った、あの岡のうえに立っていたのである。私たちの周囲には、しっとりと露を帯びた赤まんまや蛍草がいっぱいに咲きみだれて、足もとには鉛色をした湖水がさむざむとした縮緬皺《ちりめんじわ》を刻んでいる。その湖水の向こうのほうに、警察のボートが二、三艘つなぎぱなしになってゆらゆらと揺れているのも、いかにも事件の後らしく物悲しげであった。

「屍骸はまだ見付かりませんか」

私が岡のうえにしゃがむと、志賀氏もそれに習って、草のうえに腰をおろした。

「駄目ですね。何か奇蹟でも起こらない限りは、あの屍体のあがることはないのじゃないかと思うんです。御覧なさい、この忌々しい水を――」

志賀氏はすぐ足下まで、ひたひたと寄せている湖の水を、靴の先で示しながら、

「毎年、いまごろになると水量が殖えることは殖えるのです。しかし、今年のようなのは珍しいのですよ。あの記録的な豪雨以来、毎日のように雨、また雨です。実際うんざりしますよ。県のほうからはがみがみ言って来ますしねえ」

いかにもうんざりしたというふうに志賀氏は溜め息をついたが、すぐ気がついたように、白い歯を出して微笑うと、

「おやおや、とんだ愚痴をお聴かせしてしまったが、さぞおかしいでしょうね。分かってますよ。あなただって、そうして表面、殊勝らしい顔をして聴いていらっしゃるが、肚の中ではこの田舎巡査め、自分の頭脳《あたま》の悪いのを棚にあげて、天を恨むなんて、随分笑止なことだとお思いになるでしょう。実際またその通りなんだから仕方がないが、しかしねえ椎名さん、私にはこの事件が、尋常でないような気がして仕方がないのです。何かしら、一通りや二通りでないまっくろな邪悪さ、執念ぶかくねちねちと計画された、ぞっとするような恐ろしさ。そういう世の常ならぬものが、この事件にはあるような気がして仕方がないのです」

「それはそうかも知れませんね」

私は志賀氏の言葉を、深く考えてみようともせずに言った。

「なにしろ二十何年という時日が、この事件の準備のために費されているのだから」

「そう、それもあります。しかし私が今いったのはその事じゃないのです。今あなたの仰有ったあの恐ろしい事実、――それにもう一つ裏があるような気がしてならんのです。何かしら、そこにもう一つ容易ならぬ企《たくら》みがあるような気がするのです」

「――というと、つまりどういう事になるのですか。もう少しはっきり仰有って戴けませんか」

「はっきりにも何んにも、私自身これだけしか分かっていないのだから世話はない、はははは」

志賀氏は尖ったような笑いかたをすると、

「しかしねえ、椎名さん、これだけのことは断言出来ますよ。この事件はこれで終わったのじゃない。何かまだまだ恐ろしい事が起こるにちがいないということです」

その言葉があまり確信にみちていたので、私は驚いて志賀氏の顔をみた。志賀氏は無言のまま草をむしっている。むしっては捨て、むしっては捨て――その動作を見ていると、相手の焦躁がそのままこちらへ乗り憑って来るように、私までが切なくなって来るのだった。

「それはそうと、あの不思議な老婆のことですがね。何か消息はありませんか。僕にはどうも少し妙に思われるところがあるのですよ」

私はふと思い出してそう言った。

「妙というのは？」

「実はね、はじめてここへ来る途中の自動車で、われわれがあの老婆に出会ったことは、いつかもお話しましたね。ところがその時の老婆と、事件の日、ここで——そうです、この丘のうえです、いまあなたのいらっしゃるところに、真珠郎扮するところの老婆が立っていたのですが、その老婆と、どうも別の人間じゃなかったかという気がしてならないのです」

「なるほど、それは大きにそうかも知れません」

志賀氏はぼんやりとした口調で、

「おそらく、最初自動車の中で会われたのが、ほんものだったのでしょう」

「とすると、ここにおかしな事が出来ますよ。真珠郎扮するところの老婆は、自動車の中で言った、別の老婆の台詞《せりふ》をちゃんと知っていたのですからね。自動車の中で老婆はこういったのです。おまえたちがいくと、今にNの湖水は血で真っ赤になるぞ、とこういって私たちを脅《おど》かしたのですが、ところがその事を真珠郎はちゃんと知っていたじゃありませんか」

志賀氏ははっとしたらしかった。非常に急《せ》きこんだ様子で、

「それはほんとうですか。いや、自動車の中であった老婆と、真珠郎扮するところの老婆が別人だったと仰有るのは？」

「確かにとは申し上げかねます。しかしどうも、前に会った時より、後で会った時の方がいくらか脊が高かった、――というより万事が、こう柄が大きかったような気がするのです。なにしろ、場合が場合だもんですから、そんなことをよく考えて見る暇はなかったのですけれど。――」

「なるほど、そうすると、老婆と真珠郎のあいだに、何か連絡があるということになりますね。ところがこの老婆の行く方というのが、真珠郎と同じで、全く分からないのだからもてあましてしまいますよ」

「まだ、なんの手懸かりもありませんか」

「ないのです。どうもこの事件では妙にひょいひょいと、人間が消えてしまうんで困りますよ。おや、あれはなんだろう」

私たちは立ちあがって向こうを見た。見ると湖水の汀《なぎさ》を、五、六人の男ががやがやと口々に喚きながらこちらのほうへ近付いて来るのである。その中に黒いもんぺを穿いて、髪をおどろに振り乱した女の姿が見えたが、その女はふてくされたようにほかの男たちに、一々うしろから小突かれながら、渋々こちらのほうへ歩いて来るのである。

「おい、どうしたんだ。その女はなんだ」

志賀氏が丘のうえから大声で叫んだ。それを聴くと一群の人々は、ふと足を止めてこちらを仰いだが、中から一人の男がまえに進み出ると、こう大声で怒鳴りかえしたのである。

「旦那、見つけましたよ。お尋ね者の婆さんです」

その瞬間、私たちは丘のうえから走り出していた。汀へ近附くと、五、六人の村の男たちに取り囲まれた女が、狂犬のような眼をぎょろぎょろと光らせて、隙があったら逃げ出そうと身構えているのである。

「さっき山から降りて来たところをふん捕まえたんです。畜生ひどい女《あま》だ、こんなに噛みつきやがった」

「いったい、おまえさんたちはあたしをどうするつもりだい。皆《みんな》してだしぬけに手籠めにしたりして、あたしだって驚くじゃないか」

鳥のように甲高い声なのである。顔は渋紙色に焦けて、油気のない髪の毛が雀の巣のようにもじゃもじゃと逆立っている。幾枚も幾枚も重ねて着ている着物は、みんなボロボロに破れて、氷柱《つらら》のような襤褸《ぼろ》がブラ下がっているのだ。

志賀氏はしばらくじっとこの老婆の顔を凝視《みつ》めていたが、ふと私の方を振りかえると、

「真珠郎じゃなさそうですね」

と、言って、思い出したようにこう付け加えた。

「自動車の中で会われたのは、この女でしたろう」

私はしばらく老婆の顔を凝視めていたが、思わずぎょっとして叫んだ。

「違います。この女じゃありません」

「なに？　違うんですって？」

「どうも違うようです。服装といい様子といい、たいへんよく似ていますが全く違っています。むろん真珠郎でもありません。この女は今まで私の会ったことのない老婆です」

これは全く驚くべきことだったが真実だったのである。ああ、なんということだ、極く僅かのあいだに、私は三人ものよく似た老婆に見参したのである。若し、いま眼のまえにいるのがほんとうの老婆だったとしたら――どうも村人の様子から見るとそうらしいのだが――では、あの自動車の中で会ったのはいったい誰だったのだろう。真珠郎でもなければむろんこの老婆でもない、――とするとこれはいったいどういうことになるのだ。

「それに間違いありませんか」

「間違いありません。なんなら乙骨君を証人に呼んで来てもいいですよ」

志賀氏は思わず呻き声をあげた。

「旦那、おまえさん。いったい私をどうしようというのです」

老婆は志賀氏のそういう様子を尻眼にかけながら、肩をそびやかし、地団駄を踏むようにしていうのだ。例の鳥のように甲高い、特徴のある声だったが、以前に聴いたのと違って、濁って、嗄《しわが》れているのが耳についた。

「私はなにも悪いことをした覚えはありませんよ。それだのにこいつら、だしぬけに私をつかまえて人殺しだの泥棒だのと、わけの分からぬことをいうのですもの、私だって腹が立つじゃありませんか。ねえ、旦那、私は今年になってこの村へ降りて来るのは今日がはじめてなんですよ。今年の夏はずっと南のほうで暮らして来たんですからね。旦那、警察の旦那。——おやまあ、この人はどうしたんだろうね。どうしてそんなに私の顔を凝視めるのです、あらいやだ。気味の悪いこと！」

ふいに志賀氏が口のなかで、何やらわけの分からぬことをいうと、両手をあげて老婆を打つ真似をした。しかし、すぐ思いかえしたように、老婆の体を向こうへ突きやっておいて、

「君たち、この女を駐在所へ連れていってくれ。後でゆっくり取り調べることにする」

それから志賀氏は私のほうを振りかえると、

「さようなら、椎名さん、御出発までにはもう一度会えるでしょうね。私はこの忌々しい事件のために、気が狂わねばいいがと思いますよ」

そう言って肩をすくめると、泣き笑いみたいな表情《かお》をして、人々のあとについて向こうのほうへ歩いていった。

さて私がNをたって、東京へかえって来たのは、それから三日ほど後のことであった。Nを発つ時には、乙骨と由美の二人が乗合《バス》の停留場まで私を見送ってくれた。乙骨の頭部の傷は、殆どよくなっていたのだが、それでもまだ繃帯を取るまでには至っていなかったのである。

乗合《バス》が出るまでの僅かな時間をつぶすために、私たちは久しぶりで、三人揃って、秋

草の乱れ咲く野路を散策した。私たちはみんな無言であった。口を切るのがお互いに恐ろしかったのである。

私は静かに煙を吐いている浅間の山を見た。それから美しく晴れた紺碧の空を仰いだ。そして更に、私のまえを睦じく、ほとんど夫婦気取りで肩をならべてゆく、乙骨と由美の二人を見た。すると私は忽然として夢からさめたような気がするのである。浅間の噴火も、兇暴なあの殺戮も、洞窟内の出来事も、総てこれ一場の夢と化して、その後に残されたのは、睦じく肩をならべて歩いてゆく乙骨三四郎と由美の姿だけなのだ。私はふと胸に熱いものを感じた。陽《ひ》の光が私の眼の中でギラギラと砕けてゆくのを見たのである。

「とうとうあたしをおいて、行っておしまいになりますのね」

ふいに柔かな声が耳のそばでしたので、はっとして顔をあげてみると、いつの間にやら由美が私のそばに来て立っているのである。気がついてみると、頭に白い繃帯をした乙骨三四郎は遥か向こうのほうを誰かと話しながら歩いていく。相手はどうやら志賀氏らしかった。

「暫くここで休んでいきましょうよ。まだ乗合《バス》の出る時間までには、大分間もありますし、それにここはこんなに景色がよくて暖かなんですもの」

「ええ、休んでいってもいいですが。……」

私は煮え切らない返事をしながら向こうを見た。乙骨と志賀氏の姿はもう見えなかった。

「何をそんなにびくびくしていらっしゃるの。おかしな方ね。まあここへお坐りなさいよ」

由美は上手に草を折り敷くと、自分から先に腰をおろし、それから私のために席をこしらえてくれた。私も仕方なく、落ち着かぬ腰をそこにおろしたのである。

「あたし、この間からあなたにお話しようと思ってたんですけれど、あなたが妙にあたし達をお避けになるもんですから」

「何か話があったのですか」

「ええ、なんだかいろんな話が随分沢山あるような気がしていたんですけれど、妙ね、こうしてあなたと二人きりになってしまうと、何も申し上げることはないのですもの」

由美はかすかに溜め息をして、

「それにしても、あなたはどうしてそんなにあたし達をお避けになりますの」

「僕が——？　いいえ、別にそんな覚えはありませんよ」

「そう、そんならいいのですけれど。——あたし達、いま別れても、間もなく東京でお眼にかかることが出来ますわね」

「ええ、おそらく、でもその時は——」

「その時は——？」

「いいえ、なんでもないのです」

「あら、どうかなすったの。妙な方ね。言いかけた事を途中で止すもんじゃありませんよ」

「由美さん！」

私はふいに思いきって由美の手を握った。何かしら吐き出してしまいたい熱い塊が、咽喉の奥にこびりついて離れなかったからである。

「あら、びっくりした。なあに？」

「僕はお別れするまえに、たった一言でいいから、あなたにお訊ねしたいことがあるのです」

「はい、はい、なんでしょう。何んでもお答えしてよ、あたし」

由美はわざと冗談めかしくいったが、その息使いが急にあらくなったのが私には感じられた。私は出来るだけ心を落ち着けていった。

「あの事件の晩ですね。僕が嵐の中を駐在所へ出かけようとすると、あなたがうしろから僕を呼びとめたでしょう。覚えていますか」

「ええ、覚えています」

「あの時、あなたは、『あたし怖い、怖いから早く帰って来て』と僕に仰有いましたね。その時僕はなんの気もつかず、『怖いというのは真珠郎のことですか』とお訊ねしましたが、あれは、――あれは――」

と、私は前後《あとさき》を見廻してから大急ぎでその後を言った。

「あれは乙骨君のことじゃなかったのですか」

ふいに由美が草のうえにずっと身をひいた。そして、少し間隔をおいたところから、円《つぶら》な眼を見ひらいて、じっと私の顔を凝視していたが、みるみるうちに、その眸には、霞のような涙がうかんで来たのである。

「ひどい方！」

大分しばらくしてから由美は放心したように低い声で呟いた。

「ひどい方。いまごろになってそんなことを仰有るなんて、――ひどい方ね！」

そういうと由美はふいにせぐりあげて来たのである。あわてて顔を覆った両手のあいだからは、涙が溢れて手の甲をつたった。その涙を見た時、私は今まで抑圧して来た感情が一時に爆発するのを感じた。私はいきなり由美の肩に手をかけて叫んだのだ。

「由美さん、今ならまだ遅くはない。どうにでも訂正することが出来るのです。あなたは――あなたは。――」

「駄目、駄目、駄目、駄目、もう駄目よ」

由美は両手で顔を覆ったまま、はげしく肩をゆすぶった。

「どうして駄目なのです。え、どうして駄目なのですか、由美さん！」

私は夢中になって由美の体をゆすった。まったく気が狂ったように、由美の体を抱きしめ、由美の眸のありかを求めた。これには由美も驚いたのに違いない、驚いたというよりも、怖れを抱いたのであろう。

ふいに彼女は私の体を押しのけると、草のうえに跳び起きた。そして涙に濡れた眼で、じっと私の顔を見下ろしながら、

「さようなら、椎名さん。あたしもうあなたを送っていくのは止します。御機嫌よう。いずれまた東京でお眼にかかれますわね」

そういうと、彼女もまた気狂いのように髪を振り乱して、狭い野路を一散に走り去っていった。その後から、秋の野分が悲しげな音を立てて吹きわたっていくのを、私はいつまでもいつまでも見送っていたのである。

第十章　ニュース映画

新学期がはじまった。

しかしなんという物憂い新学期だったろう。いつもだと私は、新らしい学期がはじまる毎に、新たな気力と計画をもって教室に向かうのであったが、この学期ばかりは講義にてんで感興を持つことが出来なかった。学生には気の毒であったけれど、おそらく私の講義は、砂を嚙むように無味乾燥なものだったにちがいない。

私はどうかすると、ポッカリと胸の中に大きな孔があいたような空虚さを感ずることがあった。何をするのも倦怠《けだる》く物憂く、ひょっとすると、病気にでも取り憑かれたのじゃないかと思うことさえあった。

「耕さん、あなたどうかなすったのじゃない。少しお顔の色が悪いようだわ」

ある日、嫂がそう言って心配そうに私の顔を覗きこんだ。言い忘れたが私は、兄の一家と同居していたのである。

「そうかもしれません。どうも近頃、気分が浮き浮きしないので困ります」

「やっぱり、あの出来事がいけなかったのね。ずいぶん気をお使いになったのでしょう」

「そんなでもないのですがねえ」

「いいえ、そうよ。だから私が日頃から言ってるでしょう。早くお嫁さんを貰って身を固めなさいって。独身《ひとりみ》だもんだから、そんなところへひょこひょこ出掛けていって、飛んでもない眼に遇うんだわ」

学校でも私の意気銷沈しているのが評判になっているようであった。みんなあの事件を知っていて、いろんな質問を切り出して私を悩ませたり、手古摺らせたりするのだ。

「それにしても乙骨の野郎はうまいことをやったじゃないか。この間部長のところへ辞表を送って来たそうだぜ。いったい、その娘さんというのはよっぽどの金持ちかい」

そんな無躾な質問をして、私を困らせる男もあった。しかし、誰一人由美について、美人であるかどうかということを訊きただそうとしないのは、はじめから彼女を田舎娘と軽蔑してかかっていたからであろう。ああ、私の網膜の奥ふかく、焼きつけられていた由美の面影を誰が知ろう。

私は東京へ帰ってから二度ほど、乙骨と由美とに手紙を書いた。そのつど乙骨からは返事があったが、由美はひとことも言って来なかった。このことがひどく私の心を重くするのだった。

ところが、それから二ヶ月ほど経って、たしか十一月の上旬のことである。私は乙骨と由美との連名の手紙を受け取った。読んでみると驚いたことには、いつの間にやら彼等は東京へ出て来ているのであった。

先日こちらへ引っ越して来た。取りこんでいたので通知が遅れてすまぬ。そのうちに是非遊びに来てくれたまえ。——と、いうような簡単な文章のあとに、吉祥寺《きちじょうじ》の所書きと、地図とが書き入れてあったのである。

私は何んとなく出し抜かれたという感じが強かった。もとより彼等が遠からず、東京へ出て来るだろうということは、私も予期しないところではなかった。しかし、その際には予《あらかじ》め通知があることと思い、もし依頼さえあれば、自分の手で家を探してやってもよいとさえ考えていた私は、今更のように、自分の甘ちゃんぶりを痛感した。どちらでもよいようなものの、こう手際よくことを運ばれると、結局自分は、彼等にとって他人に過ぎなかったのだという感じが、ひしひしと胸に迫って、一種の寂寥と共に、身勝手な憤りをさえ感じるのだ。よし、相手がそのつもりなら、こちらにだって覚悟がある、来いと言ったって誰が行ってやるものかと、私はひとりでいらいらとするのだ。

そこで私は出来るだけ素っ気ない返事を出しておくと、この訪問をのばすために、いろんな口実を作りはじめた。私は出たくもない会へ出たり、引き受けたくもない仕事を引き受けたりした。そうして、表面はさも忙しそうに装いながらも、しかも私の内心に、煤《すす》のようにこびりついているのは、乙骨と由美からの案内状なのだ。ああ、私は何度仕事を放り出して、吉祥寺へ駆け着けようと思ったことであろう。

私があの最初の異変に遭遇したのは、ちょうどそういう精神状態にある時のことだったのである。その晩私は、ある会合の席上から中座して、自動車でひとり自分の家へ帰ろうとしていた。私の心は相変わらず楽しまなかった。何を聴いても、何を見ても、私の心は浮き立たず、いよいよ重く、物憂くなるばかりであった。そういう妙に鬱血したような気分で、私は何気なくふと自動車の窓から外を眺めた。気がつくと自動車は須田町の交叉点に停まっていた。私たちの周囲にはあとからあとからと自動車が来て停まった。

何気なくそれらの自動車の一つを眺めていた私は、ふいにはっとして、クッションから体を浮かせたのである。ああ何んということだ！　私の自動車から一間とは離れないところへ、後から来て停まった一台の自動車、その自動車の窓から、ぼんやりと外を覗いているのは、たしかにあの真珠郎ではないか。

私は一瞬間、心臓の鼓動が停まりそうな気がした。あまり激しい驚きのために、声すらも、咽喉の奥にひっかかって出なかったくらいである。私は見違いではないかと思った。そこで更に念入りに、眸を据えて相手の顔を見直したのである。

見違いではなかった。ああ、あの顔！　油壺から抜け出たような、特徴のあるあの美貌を、どうして、誰が見違えることが出来よう。――真珠郎はなんとなく物悲しげに打ち沈んだ顔をして、ぼんやりと外を眺めていた。何かしら拭い切れない悔恨の表情《いろ》が、白い額に漂うて、それが何んとも名状することの出来ないような、痛烈な印象を、美しい顔のうえに投げかけているのである。これが兇暴な発作に見舞われない時の、この奇怪な美少年の著しい特徴なのである。

私はやっと気をとり直すと、大急ぎで運転手に何事かを命令しようとした。いったい、何を命じようとしたのか自分でもわからない。とにかく大声をあげて、何か二言三言叫んだ。するとその声に驚いたのか、真珠郎はふと顔をあげてこちらを見た。そして不思議そうな表情をしてじっと私の顔を凝視めているのである。その顔にはちっとも驚いているようなふうは見えなかった。飽迄も平然として、むしろ私の突飛な喚き声が不思議でならないといった表情《かおつき》なのである。

私は三度《たび》、何か叫ぼうとした。だがその途端ゴー・ストップが廻転したかと思うと、私の乗った自動車《くるま》は、海嘯《つなみ》のように、ほかの沢山の自動車《くるま》に取りまかれて、みるみるうちに肝腎の自動車《くるま》を見失ってしまったのである。

この出来事は私に非常に大きな衝動《ショック》をあたえた。真珠郎が東京へ出て来ている。――そう考えることは、なんともいえない恐ろしさだった。だが、それと同時に、私の心にひとつの活力を与えてくれたことも否むことが出来ない。私は忽然として、我執を捨てて乙骨や由美に会う必要と興味とを感じたのである。明日はどんなことがあっても、吉祥寺へ訪ねていこう。――そう決心しているところへ、しかしその夜、乙骨のほうから訪ねて来たのであった。

「どうしたんだね、何故君は吉祥寺へ来てくれないんだね」

一別以来の挨拶がすむと、乙骨はすぐ斬り込むような口調でそう言った。別れた時から見ると、乙骨はまた一段と痩せて、もとより骨ばった顔はいっそう棘立って、少なくともこれが新婚の幸福に酔っている良人とは見えなかったのが、なんとなく私の心を軽くしたのである。

「ああ、いろいろと忙しい仕事があってね、気になりながら失敬した。実は明日あたり訪ねて行こうと思っていたところだ」

「それならいいのだがね、何か気に触わったことでもあるのじゃないかと、由美の奴が心配してね、とにかく一度、顔を見せてやってくれたまえ」

「そうか、それはすまなかった。明日は必ずお伺いしよう。時にどうだね、新婚の御感想は」

「なあに、詰まらん！」

乙骨は突然、苦いものでも吐き捨てるように言って、ぐいと肩をそびやかした。

「尤も、僕は最初から新婚生活などに対して、大きな期待は持っていなかったんだ。最初から僕の欲しいのは金だけだった。もしそれで、女房という奴が幾らかでも気に入るしかし、なかなかそうは問屋が卸さないそうだ、しかしこの責任は椎名君、いくらか君にもあるんだぜ」

「何んだって。そりゃどういう意味だ」

私は思わずけしきばんで膝を進めた。

「どういう意味だかよく考えてみろ」

乙骨は肩をそびやかして、ジロリと挑戦するような眼で私を見たが、すぐとってつけたような哄笑をすると、

「まあいい、その話は止そう。ここで喧嘩をしたってはじまらん。時に学校ではどういってるかね。僕のことを。――」

「乙骨の野郎、とうとう念願どおり金持ちの娘を捕虜《とりこ》にしやがったといっているよ」

「はははははは、大きにそのとおりだ」

乙骨は毒々しい声をあげて笑ったが、その笑い声をきくと、私は一々脅《おびや》かされるような気がするのである。いったい、乙骨に対して私はいつ頃からこのような感情を抱きはじめたのか、自分でもよくわからないのだが、どうもこれは、あの事件の夜からではないかと思う。由美と乙骨が抱きあっているのを目撃したあの瞬間から、私と彼との間には、ある大きな溝渠《みぞ》が出来てしまったのだ。

「時に田舎のほうはどうしたね。志賀氏は相変わらず走り廻っているかね」

「ふむ、相も変わらずやっているようだ」

この話になると乙骨も案外素直になって、

「君も知っている真珠郎日記ね、あの日記の中に、真珠郎の父母になる人々の名前があったので、目下その方を熱心に調査しているようだ。しかし、今のところ、父という男が松本少年刑務所で狂死したという事実だけしか分かっていないようだね」

「その後、真珠郎の消息はわからないかね」

「分からないね。何んだか今になってみると僕には、あの出来事のすべてが一場の夢のような気がしてならないよ」

しかし、あれが夢物語でなかった証拠には、私は現にその日、この東京のまんなかで真珠郎を目撃しているのである。しかしどういうわけか、私はこのことを乙骨に話す気にはなれなかった。

「それじゃ、明日きっとやって来るね」

「ああ、いくよ、牟礼《むれ》といえば井《い》の頭《かしら》公園のほうの側だね」

「そうだ。夜など淋しいところだ。とにかく来たまえ。由美がどんなに喜ぶか分からないぜ」

乙骨はそういって、最後のとどめを刺すように、ぐさりと私の眼を見たが、すぐ視線をそらすと、憮然とした様子でこういった。

「とにかく、今度の旅行に君を誘ったのは、僕の大失敗だった。僕はもっとほかの男を連れていくべきだったのだ。あまり女好きのしないような男をね」

これを要するに、その時私が乙骨から得た印象を率直に語れば、彼もまた、私に劣らずいらいらとした不幸な日を送っているらしいということであった。そして正直のところ、それがどんなに私の心を明るくしてくれたか分からないのだ。ああ、私は自分が聖人君子でなかったとて、ちっとも後悔するところはないのである。

その翌日、私は約束どおり、学校の帰途をそのまま吉祥寺のほうへ出かけるつもりでいた。ところが学校のほうへかかって来た思いがけない電話のために、私は急にその約束を果たす必要がなくなったのである。電話というのは意外にも由美からだった。しかも彼女はいま、銀座のS堂にいるからすぐ来てくれないかというのである。私は勿論さっそく承知の旨をのべた。どうやら彼女一人であるらしいのが、私の心をときめかしたのだ。

S堂へはいっていくと、由美の姿はすぐ眼についた。珍しく和服を着ているのが、一段と落ち着いてみえて、私の眼に好もしく映った。しかし、それにしてもなんというひどい変わりかたであろう。たった二ヶ月というのに、彼女の容貌のうえに現われた変化には驚くべきものがあった。よく女の中には、男を知っていっそう美しくなる種類の女と、反対に醜くなる種類の女と二通りあるというが、由美はどうやらその後者のほうであったらしい。

彼女は皮膚はもはや昔のような艶々とした弾力をうしなっていた。薄くケバ立ったような肌の下には、妙に濁った色がじっとりと沈んでいて、ひょっとするとそれが乙骨の血のせいではないかと思うと、私はプッとするくらいの不快さにうたれた。肉が落ちて、もとより大きな眼が、いっそう大きく見える。高い鼻は棘々《とげとげ》しいまでに尖っていた。私はなんとなくその顔を正視するに忍びないような気がしたものである。

「どうして吉祥寺のほうへ来て下さらなかったの」

それが由美の最初にいった言葉であった。その言葉を吐き出すとき、彼女の唇はかすかにふるえ、眼がうるんできらきらと光っているのが見えた。

「実は、これからお訪ねしようと思っていたところなんですよ」

「あら、あんなことを。――」

由美は信じないという眼つきをして、

「電話でお呼び立てしたりして、御迷惑だったのじゃありません？」

「実は、昨日も乙骨君に叱られたんですが」

「あら！」

由美はびっくりしたように眼を見張って、

「あなた、乙骨にお逢いになりましたの？」

「おや、あなたこそ乙骨君に何も聞かなかったのですか」

「ええ、だって」

由美はちょっと言い淀みながら、

「乙骨は昨夜帰らなかったんですもの」

私ははっとしたように由美の顔を見直した。由美はそういう私の感じに気がついたのか、一旦伏せた睫毛をパチッと見開くと、弾きかえすように私の眼を見て、

「乙骨はいまとても忙しいのよ。満洲で何か仕事を始めるかも知れないの。それで今走り廻っているのよ。でも、そうなったら、私たち、いよいよお別れね」

「満洲ですって？　満洲でいったい何を始めるというのです」

「何んだか知りませんの。でも、乙骨はもうその仕事で近頃は夢中になっているのよ。でも、そんなこと、どっちだっていいじゃありませんか。それよりあたし、今日はあなたにお願いがありますのよ」

「お願い？　何んですか」

由美はふいに思い出したように、眼の中に恐怖のいろをいっぱいうかべると、声を落として、

「真珠郎のことなの」

「真珠郎？　真珠郎がどうかしたのですか」

私はよっぽど気をつけて、低い声で訊き返したつもりだったが、それでも、その声は十分近所の人々を驚かすくらい大きかったのにちがいない。周囲にいる二、三人がいっせいに私のほうを振りかえった。

「まあ、随分大きな声なのね。実はあたし今、真珠郎を見たのよ」

「どこで――どこで見たのです」

「それが少し妙なところなのよ。それに、あたしはっきりそうだったとは断言しかねるの。それでもう一度見直そうと思うんですけれど、一人じゃ頼りないから、あなたにも一緒に行って戴きたいのよ」

「なんだ、それじゃ真珠郎はまだそこにいるのですか」

「ええ、いるの。逃げも隠れもしやしないわ」

「それじゃ、いっそう警官を連れていったらどうですか」

「だってそれは駄目なのよ。眼に見えてたって、捕《とら》えるという訳にはいかないんですもの」

由美はそう言いながら腕時計を眺めて、

「あら、もう時間だわ。それじゃ一緒に来て下さるわね」

由美は手早く勘定をすますと立ち上がった。

この時私はふと妙なことに気がついたのである。さっき私が大声をあげた時びっくりしてこちらを振り返った人々の中に、一人、白髪の老人があったが、その老人が、私たちが立ち上がるのと同時に、急いで椅子から立ち上がったのである。そして私たちを一足先にやり過ごしておいて、静かに後《あと》からついて来たのだ。

この事は、その時それほど強く私の注意を惹いたわけではなく、現にそれから、二、三分の後には、すっかりこの老人のことは忘れてしまっていたのだが、後《あと》になって考えてみると、ここでこの老人に会ったということが、私たちにとって、非常に重大な意味を持っていたのである。

それはさておき、その時由美が私を導いていったのは、意外にもN館という映画館の中であった。これには私も些か茫然とした。

「どうしたのです。この映画館の中にあの男がいるのですか」

「ええ、いるの。まあ、あたしが注意するまで黙って見ていて頂戴」

私たちが入った時にはミッキー・マウスのトーキー漫画がスクリーンのうえに映っていた。後から気がついたのだが、このN館というのは、短篇喜劇だのニュース映画だのを専門にやっている映画館であった。

ミッキー・マウスがすむと、今度は某新聞社の撮影したニュース映画だった。これが映り出すとともに、由美はしだいに昂奮して来たが、やがて、いきなり私の手を握ると、

「ほら、あそこよ。あそこにあたし達が映っているでしょう。乙骨とあたしとが。――その五、六尺うしろのほうに、混雑《ひとごみ》にまぎれてじっとあたしのほうを見ているの、ほら、いま帽子をとったわ。ああ、やっぱりあれは真珠郎ね。ね、ね、違いないわね。あれはやっぱり真珠郎だわねえ」

泣き出しそうな声と共に、由美の熱い息吹きが、くらやみの中から嵐のように襲いかかって来る。彼女は気狂いのように強い力で、ぐいぐいと私の腕を握りしめるのであった。

由美が驚いたのも無理ではなかった。私でさえ、スクリーンのうえに大きく拡大され

ている、その奇怪な光景を目撃した時には、全身にヌラヌラとするような脂汗をビッショリとかいたものである。

それは有名な外国の庭球選手が、東京駅に到着した時の光景を撮影したニュース映画だった。駅前の広場には、この有名なスポーツマンを見ようとする見物がいっぱいに群がっていた。その人波に揉まれ揉まれて、由美と乙骨の顔が隠顕《いんけん》しているのである。そして彼等から数呎《フイート》はなれたところに、これまた、人波に揉まれしながら、灼けつくような視線でじっと二人のほうを凝視めているのは、ああ、まぎれもないあの殺人美少年の真珠郎ではないか。

第十一章　悪夢第二景

由美の話によるとこうなのである。

「あれはちょうど、ひとつきほど前のことでした。新聞を見ればすぐわかりますわ。あの庭球選手が東京駅へ着いた日ですもの。あたしたちはあの日、信州から東京へ出て来たのですわ。そして思いがけなくあの混雑に捲きこまれましたの。その時あたし、新聞社のトーキーが、その光景を撮影しているところを見たものですから、ひょっとすると、あたし達も映っているんじゃないかしら――そう思って、今日銀座へ出たついでに、あの映画館を覗いてみましたの。そしたら、あたし達もあたし達ですけれど、思いがけなくも、あたし達のすぐうしろに真珠郎の姿が映っているじゃありませんか。あたしもうびっくりしてしまって。――でも、気のせいかも知れない、なんでもない人が真珠郎に見えたのかも知れない、とそう考えて、いや、そうあることを祈っていたのですけれど、あれ、やっぱり真珠郎ね」

由美はそこで急に寒そうに肩をすくめると、

「それにしても、あの人いったいあたしをどうしようというのでしょう。ああして知らぬ間にあたしの後《あと》をつけるなんて、ああ、あたし考えてもぞっとするわ」

可哀そうな由美！　私は彼女の窶《やつ》れた体を抱きしめ、彼女の尖った頬に頬擦りをして、なんとか力づけるような言葉を囁いてやりたかった。しかし、それが出来なかったというのは、そこが人眼の多い映画館の中であったからではなく、突如、その時、乙骨の毒々しい笑いごえが、耳の底で爆発するように思えたからである。私は思わず熱い塊を呑んで、由美の体から手を離した。

しかし、この事があってから、私はしばしば吉祥寺にある由美の宅を訪問するようになった。そうして近付いてみればみるほど、不幸な由美の結婚生活が眼に見えて、私はいよいよ胸が切なくふるうのであった。

ある日私はふと由美と二人きりのとき、須田町で真珠郎にあったことを彼女に話した。すると由美はどうしたのか、ふいに針にでも刺されたように、ピクリと私のまえで飛びあがったのである。

「まあ、それほんとう？」

　私は予め覚悟していたこととはいえ由美の驚きようがあまり激しかったので、余計なことを言わなければよかったと後悔しながら、

「ほんとうですとも、たしかに真珠郎でしたよ」

「まあ！」

　そういったきり、由美は大きな眼をいよいよ大きく見開いて、しばらくじっとあらぬ方を凝視めていたが、ふいに大きな溜め息をつくと、

「恐ろしいことだわ、恐ろしいことだわ。ねえ、椎名さん、ひょっとすると真珠郎はあたし達ばかりじゃない。あなたまで覘《うかが》っているのかも知れませんわ。あなた、気をつけなければいけませんわ」

「まさか」

　私は思わず苦笑しながら、

「そんな馬鹿なことがあるものですか。僕は何も真珠郎に怨まれるような憶えはありませんからね」

「いいえ、そうじゃありませんわ。あなたは何も御存じないのです。真珠郎は気狂いも同じなんですもの」

　そういうと、由美はふいに涙をいっぱいうかべて、私の両手を犇《ひし》と握りしめながら、

「椎名さん、あたしに約束して頂戴。ここしばらく決して一人で夜歩きをしないこと。

知らない人の誘いに応じないこと。無闇に、通りがかりの円タクに乗ったりしないこと。ね、あなた、これだけのことをあたしのまえで約束して頂戴」

由美の言葉があまり熱心なので、私は思わずギョッとして彼女の顔を見直した。見ると由美は長い睫毛の先に、涙をいっぱい貯めて、些か仰山すぎると思われるほどの熱心さで、私の眸のなかを凝視しているのである。私はしばらく無言のままで、その眼を見返していたが、そのうちにふと、ある恐ろしい疑惑がうかんで来たのだ。

(ひょっとすると由美は、彼女が粧っている以上に、真珠郎の消息を詳しく知っているのではないだろうか。いやいや、消息を知っているどころじゃない。由美と真珠郎とのあいだには以前から何か特別の関係があるのじゃなかったろうか)

この考えはその時はじめてうかんだ事ではなかった。以前から、そういう疑惑が、ふいと胸のなかを横切ることがあったが、今ほどそれを痛切に感じたことはなかった。私は眼のまえがまっくらになるような恐怖をかんじたのである。

こうして、乙骨と由美と私との間に、気拙い交渉がつづけられているうちに、季節はいつしか秋から冬へと移っていた。吉祥寺の宅を訪問する度に、私はしだいに黄ばむ木の葉を見、それが落葉するのを見、そして間もなく裸になった雑木林に、さむざむと霙《みぞれ》の降るのを見た。

こうして、表面は至極、何事もなく過ぎていった。しかし、後から考えてみると、この物静かな平和の底にこそ、最も恐ろしい計画が着々として進められつつあったのだ。

真珠郎はそのまに、血に真っ赤に染まった爪を磨きつつあったのである。

だが、その恐ろしい日のことを書くまえに、その時分、ちょっと私の注意を牽いていたもう一つほかのことをここでお話しておこう。その頃、私の宅へ二度も三度も私を訪ねて来る不思議な人物があった。不幸にもいつも私とかけ違って、ついに会うことが出来なかったが、嫂の話によると、

「それが妙な人なのよ。頭を見ると、まるで七十歳のお爺さんみたいに真っ白なの。それでいてそんなにお年寄りかと思うと、そうではなさそうなの。そうね、四十五、六という御年輩ではないでしょうか」

私はそれを聞いたとたん、ふといつかS堂であった、不思議な老人のことを思い出してギクリとした。

「それで、その人、いったい僕にどういう用件があるというのでしょう」

「それが妙なのよ。何か伝言《ことづて》があるなら承わっておきましょうと言っても、耕さんに直接でなければ困ると仰有るの」

「へんだなあ。嫌ですね。今度来たら断わっておいて下さいよ。僕知らない人に会うのはここ暫く困るんです」

私はふと、由美の忠告を思い出してそう言った。ところが、それから間もなく、またその男が私の留守中にやって来た。忘れもしない、それは師走の二十五日、——あの恐ろしい第二の事件が起こったその当日なのだから、どうして私は、それを忘れよう。

「また、いらしたわ。いつかの人が」

一旦外から帰って来て、改めてまた外出しようとする私の袂をとらえて、嫂がそう言ったのである。

「なんだか耕さんに会えないのがひどく残念そうでしたわ。なんでも、これから信州へたつんですって」

「信州へ？」

「ええ、なんでもU市からN湖のほうへ廻って来ようと思うと、そういう話でしたわ。そうそう、今日は名刺を置いていらした」

名刺を見ると、由利《ゆり》麟太郎《りんたろう》とあるきり、肩書きも住所もついていないのである。

「へんですね。ひょっとすると警察の人じゃないかしら」

「あたしもそうじゃないかと思ったんですけれど、それなら、わざわざ来なくても、召喚するとか、なんとか方法がありそうなものですわねえ」

どちらにしても、自ら由利麟太郎と名乗るこの奇怪な人物の行動は、私にとっては謎以外の何ものでもなかったのである。私はなんとなく釈然としない気持ちで、その名刺を袂に放りこんだまま外へ出た。

その日私は、乙骨夫婦と約束があって、彼等の新宅でクリスマスの御馳走になることになっていたのである。私は新宿から省線で吉祥寺まで出かけていったが、なんとなくその日は妙に気がすすまなかった。朝からどんよりと曇っていて、そのせいか下腹がシクシクと痛むのだ。ひょっとすると、雪でも降るのじゃないかしらと思っていたら、案の定、電車が大久保あたりへさしかかった頃から、白いものがチラチラと落ちはじめた。私はもういっそこの訪問を止そうかと思ったが、折角の御馳走をふいにさせるのも気の毒なような気がしたので、とうとう吉祥寺まで足をのばしてしまった。

吉祥寺へ降りた頃には、雪はますます激しくなって、この分では相当積もるのではないかと思われた。

「まあ、よく来て下すったわねえ。このひどい雪の中を」

由美は私の足音をきくと、飛び立つように玄関まで出迎えてくれた。その後《あと》から乙骨が無精らしく、褞袍《どてら》の帯に両手をつっこんだまま、ぬっと現われると、

「ははあ、とうとう椋鳥が舞い込んだな」

と、例によって、なんとなく棘をかんじさせる言いかたで笑ったのである。

さて、このクリスマスの晩餐については、出来るだけ簡単に述べよう。由美の御馳走は特別優れていたわけでもなければ、また、特別に不味くもなかった。先ず先ず私たちは満足しながら、御馳走をパクついたのである。

ただ、ここに特筆すべきは、われわれは、私も乙骨も、うまれてから初めてといってもいい程酒を飲んだのである。その結果はここに多くいうを要さないであろう。二人とも嘔吐《へど》をはいたり、罪のない乱暴を働いたり、散々であった。そして揚げ句の果てには私はとうとう乙骨の新居に泊まりこむことになったのだが、事件が起こったのはその真

夜中のことなのである。

その時私は、座敷へ寝ろという乙骨夫妻の言葉をしいて断わると、応接間兼書斎になっている洋室の床のうえに、無理に寝床を敷いて貰ってそこで寝たのである。夫婦の寝室の隣座敷へ寝ることが、なんとなく憚られたからであったが、ああ、後から考えると、それがあんな恐ろしい結果をうむ事になったのだ。

それはさておき、多分深夜の二時ごろのことであったろう。激しい咽喉のかわきを覚えて、私はふと床のなかで眼をさましたが、すると、その時どすんというような音が、どこかで聞こえたような気がした。いや、ひょっとすると私が眼をさましたのは、咽喉の乾きよりもむしろ、その物音のためであったかも知れないのだ。私はなんとなく、はっとして寝床のうえに起き直ると、家の中のしずけさに対して、じっと聴き耳を立ててみた。どこかで人の呻き声がきこえたような気がしたからである。

しかし、そうして起き直ってみると、その呻き声はもはやどこからもきこえて来ない。

(なんだ、夢だったのか)

そう思うと同時に、私は煎りつくような咽喉のかわきを覚えて、枕許を見ると、由美の心づかいであろう。銀盆のうえにコップと水差しがおいてあるので、急いでそのほうへ手を伸ばそうとした。

あの恐ろしい悲鳴が家のなかを貫いたのは、その瞬間だった。由美の声なのである。つづいて、バタバタと立ち廻りを演ずるような激しい音がきこえた。

私ははっとして寝床からとび起きると、大急ぎでドアのほうへ突進したが、そこではたと当惑してしまった。ドアには鍵がおりているのである。私は二、三度、由美の名を叫び、乙骨の名を呼びながら、ドアに激しい体当たりを喰わせたが、樫の木で出来た頑丈なドアはびくともしないのである。その間にも家の中の騒ぎはますますひどくなるばかりだ。バタバタという足音につづいて、物を投げ合う音がする。由美の悲鳴がきこえる。

私はふと気がついて、ドアの鍵孔に眼をあてがって見た。そのとたん、私はなんとも言えない恐ろしさに眼がくらむような気がしたものである。

ここで、この家の構造をちょっと説明しておかねばならないが、今私のいる洋風の応接間兼書斎のドアの外には、すぐ半間の廊下が縦につづいていて、その廊下の左側に、向こうに八畳手前に六畳と二つの座敷があり、右側はちかごろ郊外によく見る中流住宅のように、雨戸兼用のガラス戸がはまっていて、その外は芝生をうえた庭になっているのである。つまりこの家は大体鍵の手にたっていて、その短い方の棟の出っ張りが洋室になっているのである。

今、私がこの洋室のドアから外を覗いて見ると、ふいに左側の八畳の座敷の方から、二人の人間が絡みあいながら、廊下のほうへ転げ出して来た。その姿を見た時、私はそれこそ、血が凍るような恐ろしさを感じたものである。何故といって、その二人というのは由美と、そしてもう一人はまごうかたなき真珠郎だったからである。しかも、真珠郎の真珠のような頬は、真っ紅に血に塗れているではないか。

ヒーッという由美の悲鳴がきこえた。そのとき由美の顔は鍵孔にむかって真正面にむいていたので、私はその顔が恐怖と絶望のために、押し潰されたように歪んでいるのを見た。私は必死となってドアを叩いた。それから急に気がついて、窓ガラスを開いてみた。しかし、どの窓もどの窓も、頑丈な鉄の格子がはまっていて、それを破ることは、ドアを破ることより更に困難であった。ああ、私は完全に、この狭い洋室のなかに閉じこめられてしまったのだ。

なんという恐ろしさ、なんというもどかしさだ。私は眼前三間とは離れないところに、この恐ろしい惨劇を目撃しながら、ついに由美を救うことが出来なかったのだ。いつか、鵜藤氏の最期を目撃したときが、やはりこれと同じ気持ちだった。あの時には泡立った湖水の水が、私たちと惨劇のあいだをへだてていたのだが、今はたった一枚の樫のドアが私と由美のあいだに恐ろしい絶壁を形造っているのである。あの湖畔の情景が私の悪夢第一景としたら、これはそれに輪をかけたような、恐ろしい悪夢第二景なのだ。

私は鍵孔に眼をあてたまま夢中になって由美の名を呼び、乙骨の名を呼び、それから枡落としにかかった鼠のように、あてもなく部屋の中を駆けずりまわっては、その度に絶望しながら、再びドアの側へもどって来て鍵孔から外を覗いた。

由美は私の声をききつけて、夢中でこちらへ逃げて来ようとする。真珠郎がそうさせまいとする。揉みあうはずみに、寝間着のあいだから由美の肩が、腕が、太股がこぼれて、それが真珠郎の着ている、例の草色の洋服にからみあって、縺れた。そうしているうちに、真珠郎がやにわに由美の髪をひっつかんで、ぐいと後ろへ引き戻した。

「あれ！」

血がさっと由美の顔からひいて、大きな眼が釣り上がったように見えたかと思うと、由美は翻筋斗《もんどり》うってうしろへ倒れた。その拍子に真珠郎の手が離れたから、やれ嬉しや、こちらへ逃げて来るかと思っていると、どう血迷ったのか由美は、よろよろと起きあがると、座敷のなかへ逃げてしまった。その後を追っかける真珠郎が、その時、持っていた短刀をさっと振りおろすのが見えたと思うと、――

「ぎゃあーッ」

という、なんともいえないほどいやな悲鳴だった。と、同時に、左手にはまっている座敷の障子に、さっと血の飛沫《しぶき》がかかるのが見えた。どたり、と人の倒れる音。くくくく――と、息を吸いこむような歔欷《すすりなき》。――それきりだった。後は骨を刺すような静けさなのだ。

どこかで時計の時間を刻む音が気ぜわしく聞こえる。さらさらと窓を打つのは雪の音。ふいにどこかでどさりと木の枝を滑り落ちる雪の音がした。

――と、その時ふいに座敷のなかの電燈が消されて、あたりはまっくらになった。そのくらやみの中で誰かが廊下を横切って、ガラス戸をひらいている気配がする。ガラス戸をひらくと、そいつは一旦座敷の中へとってかえしたが、すぐまた出て来て、庭に降りていく様子である。

私は大急ぎでドアの側をはなれると、庭にむかった窓の側へとんでいった。外にはすっかり雪が積もって、その雪明かりが、くらい庭の中を夢のようなほのかさで浮きたたせている。ガラス戸をあけて庭へおりたのは真珠郎であるらしい。草色の洋服が、雪の中に黒く浮きあがって見えるのである。

真珠郎は庭へおりると、縁側から何やら抱きあげた。由美の体らしいのである。寝間着の端が、向こう向きになった真珠郎の腕の下からちらちらと見えている。真珠郎は両腕でそれを抱いたまま庭を斜めにつっきって、生垣のあいだから外へ出ていった。真っ白な雪の中にその姿が、黒い陽炎《かげろう》のようにゆらゆらと消えていったのである。

さらさらさら、さらさらさら。……

降りしきる牡丹雪がその足跡を埋めていく。

第十二章　雪の夜の追跡

諸君は子供の時分、縁日やお祭りなどで覗き機械《からくり》というものを、御覧になったことがあるだろう。あの妙に毒々しい色彩で塗り潰された絵板がいちまい、カタリと落ちると、一瞬にして眼前の世界が、ガラリと変わってしまう感じ。――その時の私の気持ちが、ちょうどそれであった。

由美の体を抱いた真珠郎の姿が、さくさくと降りつむ雪を踏んで、垣根の外に消えてしまうと同時に、私はどっとばかりに身に食い入って来る、空虚のさなかに取り残されたのである。それは恐怖とか絶望とかいうような感じを、はるかにはるかに通り越した、一種虚無的な、シーンと全身が酔い痴れていくような感じなのだ。ちょうど狐の落ちた狐憑きみたいに、しばらく私は、呆然としてその窓際に立ちつくしていた。さらさらさら、さらさらさら。——

無心の雪は何も知らぬげに降りしきっている。

だが、そのうちにガス煖炉《ストーヴ》の消えた洋室の寒さが、ゾッと身にしみて来て、私は立てつづけに大きな嚔《くさめ》を二つ三つした。するとそれと同時に、消えなんとした私の理性が、俄《にわ》かにいきいきと活発に動きだしたのだ。私は大急ぎで着物をひっかけると、部屋のなかを見廻した。

だが、それにしても私はどうしてこの洋室から出ていったらいいのだろう。呼べばとて、叫べばとて、武蔵野の疎林に取りかこまれた、ここは一軒家なのだ。一番ちかい隣家ですら、一町以上も離れているのである。

撰りによって何故こんなところへ家を構えたのかと、私は今更のように乙骨の思慮なさを呪いながら自暴自棄《やけくそ》になって、厚い樫の扉《ドア》に二、三度体をぶっつけてみた。映画などを見ると、こうした場合、お誂え向きの扉《ドア》の蝶番が外れるようであるが、なかなかどうして、私のような繊弱《ひよわ》な体で、この頑丈な扉《ドア》を破るなど、とてもとても、及びもつかぬことに間もなく気がついた。私はありあう椅子を振りあげて扉《ドア》を乱打してみた。しかし、それとても振りあげた自分の腕がしびれるばかり、椅子の脚は折れても、扉《ドア》のほうはびくともしない憎らしさ。

こうしているうちにも、真珠郎は刻一刻とこの家から遠ざかっていくだろう。そして由美はいったいどうなるのだ。――そう考えると私はもう気が気でない。気狂いのように部屋のなかを駆けずり廻っては、泣いたり、喚いたり、叫んだりした。

しかし、こういうふうに書いていては際限がないから、ここには出来るだけ簡単に、それから起こった事を書き記しておこう。

私はやっとのことで、二つある窓にはまった鉄格子のうち一本が、根元のほうでグラグラと動くのを発見したのだ。これに力を得た私は、つぎにテーブルの抽斗《ひきだし》から一挺のナイフを見付けだした。このナイフを使って苦心惨憺《さんたん》の末、漸く一本の鉄格子を取り外すことが出来るまでには、たっぷりと半時間あまりの時間がかかっていたであろう。

窓から庭へとびおりると、私は一刻の猶予もなく、さっき真珠郎が出ていったガラス戸の側まで走っていった。素足の裏に雪の冷たさが刺すようにしみるのだが、そんなことはこの場合、なんでもなかった。

私は縁側から座敷へ躍りこむと、すぐに電燈のスイッチをひねった。ああ、人一倍小心者で、平和の愛好者なる私が、一度ならず二度三度、こういう恐ろしい経験をするというのは、なんという因果な巡りあわせだろう。

座敷の中は文字どおり血の海なのだ。白い障子のうえにさっと散った血しぶきの恐ろしさ。夜具のシーツから畳のうえまで、べっとりと染めている血溜まりの物凄まじさ。その血溜まりのなかに、乙骨三四郎が虚空をつかんで倒れているのであった。

予め覚悟していたことであったとはいえ、さすがにその光景をひとめ見た刹那、私は一瞬、全身の血がシーンと凍りついてしまうような恐怖にうたれた。意気地のない話だが、膝頭がガクガクとふるえて、そのまま恥も外聞もなく、ぐたぐたとその場へへたばってしまいたくなった。

しかし、私はへたばらなかった。すぐ気を取り直すと、怖々その場にひざまずき、乙骨の体を抱き起こしてみると、幸か不幸か乙骨はまだ死んではいなかった。顎の下から淋漓として血が吹き出し、白い寝間着が真っ赤に染まっていたけれど、体はまだ温かく、心臓は正確に力強く鼓動しているのである。

私はさっき乙骨が死んでいなかったことに対して、幸か不幸かという言葉を使った。今だから正直に白状するが、その時私は、乙骨が生きている事に対して非常に意外を感じると同時に、なんとも名状しがたいほどの腹立たしさを感じたのだ。何かこう、こちらの真剣な努力に対して、陋劣な欺瞞をもって報われたような、憤ろしい感じなのだ。私はその刹那、真珠郎にかわって、このまま乙骨を絞め殺してやりたいほどの兇暴な激情の嵐にかられたのである。

だがその時、乙骨の唇から洩れたかすかな呻き声が、はっと私の迷夢をさましてくれた。私は自分の心の恐ろしさにぎょっとして、跳びのくと、夢中になってこの家をとび出し、降りしきる雪の中を一散に隣家まで走っていったのである。

この時、隣家の主人なる瀬川という弁護士が、私に示してくれた親切は生涯忘れることが出来ない。この雪の真夜中に起き出てくれたうえに、話をきくとすぐ警察と医者とへ電話をかけてくれた。なおその上に由美の捜索に対して及ばずながら力を貸そうとまで申し立ててくれたのである。

瀬川氏は心配して止めだてする奥さんを、優しく叱りながら、縕袍《どてら》のうえに二重廻しを羽織り、ピストルを握って現われた。

「どうせ、この大雪です。警官だって医者だって、そうすぐに来てくれやしませんよ。そのまえにひとつ、犯人のあとをつけて見ようじゃありませんか」

赧ら顔で大男の瀬川氏は、近所にこういう事件が起こったということに対して、迷惑をかんじるよりも、むしろ興味を覚えていたらしい。

「ひとつ、犬を連れていって見ましょう。こういう際には、なまじっかな人間より犬のほうがよっぽど助けになる」

そう言って瀬川氏は奥庭のほうから、大きなシェパードを連れて来た。犬という奴は敏感な動物だ。語って聞かせずとも、何か容易ならぬ事件が突発したという事を感じているのであろう。瀬川氏の握っている鎖をピンと引き千切らんばかりに張り切っている。

私たちはこうして、降りしきる雪の中にふたたび出ていったのである。

「しかし、その犯人というのはいったいどういう人物なのですか。何か乙骨夫妻と関係のある男なのですか」

ハッハッと白い息を吐きながら、無闇に勢い立つシェパードの鎖を引きしめながら、道々瀬川氏が訊ねる。

「それにはいろいろと複雑《こみい》った事情があるのですが、犯人というのは、非常な美少年なのです。いつも草色の洋服を着ていて、まるで女みたいに綺麗な奴なんですよ」

「あ!」

それを聞くと、瀬川氏はふいに雪の中で立ちどまった。

「そいつなら私も見ましたよ。そうだ、確かにそいつにちがいない。今夜の――いやもう昨日ですね。昨日の九時頃でした。事務所から帰りに乙骨さん――乙骨さんといいましたね、あの家のまえを通りかかったところが、そういう風体の人物が、垣根の中をじっと覗きこんでいましたよ。そうだ、あいつだ、いやに色の白い、華奢《きゃしゃ》な男でした、どうも胡散《うさん》臭い奴だと思ったのですが、あの時お報らせしておけば、こんなことにならなかったのですね」

と、瀬川氏はいかにも残念そうにいうのだ。あとから思えば、瀬川氏のこの証言が、どれだけ私にとって大きな救いとなったか分からないのである。

紛々として降りしきる雪に瀬川氏の二重廻しはみるみる真っ白になったが、あたりはそう暗くはなかった。覆いかぶさった灰色の空の下に、林も森も原っぱも真っ白になって、ほの明るく浮きあがっている。そのシーンとした大自然の中にシェパードの吐く息ばかりが、荒々しく、気ぜわしくわれわれの心をせき立てるのであった。

私たちは間もなく疎《まば》らな林を抜けて、乙骨の宅の裏側までやって来た。

「ほら、そこの垣根が少し破れているでしょう。その隙間から犯人は、乙骨の細君を抱いて外へ出ていったのですよ」

と、私がお粗末な杉の垣根が左右に倒れているあたりを指さすと、

「なるほど、なるほど」

と、瀬川氏は嗅ぎ廻るように、そのあたりの地面を眺めていたが、

「あ、御覧なさい。ここにうっすらと足跡がついています。今のうちならこの足跡を辿《たど》って行けないこともないかも知れませんよ」

そう言われてみればなるほど、降り積もった雪のしたに、ボクボクと極く微かな窪みがついているのである。雪はまだ、すっかり足跡を埋めつくしたわけではなかった。軟かな円味をもって脹《ふく》れあがった雪野原の中に、はるか向こうのほうまでその足跡は続いているのである。

「ネロ、ネロ」

と、瀬川氏はシェパードを呼んで、その窪みに鼻面をこすりつけると、

「ひとつ試しに、この足跡をつけて行って見ようじゃありませんか。この雪のことだから、臭いが残っているかどうか疑問ですが」

むろん私にも異存はなかった。そこで私たちはシェパードを先頭に立てて、出来るだけ急いで歩いていった。足跡は暗い疎林の中を抜け、なだらかな丘陵《おか》を下って、点々として続いている。シェパードはその雪を蹴散らしながら、先に立って走っていく。われわれは間もなく丘陵《おか》を下って街道へ出た。

足跡はその街道に沿って十間ほど歩いていたが、ふたたび向こう側の林の中に分けいっていた。その雑木林の向こうは有名な井ノ頭公園なのである。

この雑木林をしばらく行くと、われわれは間もなく、雪のうえに何か引き摺ったらしい跡がついているのを発見した。

「ここで一度、抱いている者をおろして引き摺っていったらしいですね。おや、そこの枝に何かひらひらするものがひっかかっているじゃありませんか。何んですか、それは」

見ると成程、枯れ枝の先に布切れの端がひっかかって、ひらひらと風に吹かれているのだ。それを手に取ってみて私は思わずドキリとした。

「着物の切れ端のようですね。乙骨さんの奥さんのものじゃありませんか」

むろんそれにちがいなかった。ここに至って今まで私の抱いていた一縷の希望《のぞみ》もプッツリと断ちきれてしまったのである。ああ、この様子では由美はとうてい生きてはいまい。

林を抜けると再び緩いだらだら坂、そしてそのだらだら坂の下に、黝《くろず》んだ池の水がひっそりと雪の中にしずまりかえっているのが見えた。

「いったい、公園の中に屍体を持ちこんだりして、犯人はどういうつもりでしょうね」

「さあ」

寒さと恐ろしさに私は歯をカチカチと鳴らしながら、ああ、もうこれ以上進みたくない。神様、もうこのうえ恐ろしい物を見せて下さるなと心の中《うち》で叫ばずにはいられなかった。

だがそのとたん、何を思ったのかシェパードが異様な唸り声をあげたかと思うと、瀬川氏の握っていた鎖を振りきって、一散に丘陵《おか》を駆けくだっていった。

「どうしたのでしょう、何か見付けたのでしょうか」

「そうらしいですね。とにかく行って見ましょう」

遅れじとばかりにわれわれも雪を蹴って丘陵《おか》を駆けおりていった。まっしろな雪の中にシェパードが黒い線をつくって走っていく。池の中央に瓢箪がたにくびれたところがあって、そこに自然木を組みあわせたような恰好をした、コンクリートの橋があった。シェパードはその橋の中央まで辿りつくと、二、三度くるくるとそのまわりをとび廻っていたが、急にこちらを向くと、けたたましく吠えだした。

「あそこだ、あそこに何かあるのです!」

われわれは走った。雪を蹴立てて夢中になって走った。シェパードはそれを見ると、安心したように吠えるのを止め、前脚で雪をパッパッと掻きはじめたが、どうしたのか急に奇妙な唸り声をあげると、尻ごみするように二、三歩あとじさりをして、それからまた猛烈に吠えはじめたのである。

「何かよほど妙なことがあるらしい。ネロがあんな唸り声をあげるのはただごとではありません」

瀬川氏が走りながらそんなことをいう。だがその理由はすぐ分かった。私たちは一瞬の後にはシェパードの側まで駆けつけていたのである。見ると雪の下から、ニョッキリと白い足が覗いているのだ。たしかに女の足であった。そして雪に埋《うず》もれた体が、橋のうえから水の中に首を突っ込むようにして倒れているのが見えた。私たちは大急ぎでその雪を掻きわけた。

「由美——いや、たしかに乙骨の細君です」

私は見覚えのある寝間着を見て叫んだ。それから、急いでその体を抱き起こすと、

「由美さん、由美さん」

と、叫んだ。

いや、叫ぼうとしたと言い直したほうが正しかったかも知れない。何故ならばその言葉は私の口の中で凍りついたまま外まで出るに至らなかったからである。

私が由美の体を抱き起こしたとたん、わっと叫んで瀬川氏がうしろにとびのいた。ああ、それも道理！　由美の体にもいつかの鵜藤氏と同じように首がなかったのである。

第十三章　柳の樹の下

この二度目の惨劇がどんなに世間を驚かしたか、またどのように私を傷心させたか、それは今更ここに事新らしく述べたてるまでもあるまい。

暁ちかくなってから警官や医者の一行がやって来た。そしてそこに再び煩わしい、クダクダとした審問が繰りひろげられたのだが、例によって私はその中からほんとうに重要であると思われる事だけを書き記しておこう。

一通り事件のいきさつに関する訊問があってのち、司法主任とおぼしい人物がつぎのような質問を私に向かって投げかけた。

「あなたはこの首のない屍体を、乙骨氏の夫人であると思いこんでいられるようですが、どうしてそうお考えになりましたか」

「どうして、といって着衣その他からそう判断するのです」

「なるほど、しかし、着衣というようなものは、あとから着せかえる事も出来ます。何かこう、乙骨夫人の身についた特徴というようなものでも御記憶じゃありませんか」

「そうですね」

と、しばらく考えていた私は、ふいにはっとしたように息をのみこんだ。その時ふとつぎのような事を思い出したからである。

一週間ほどまえのことであった。あるよく晴れた暖かい日に、私はひょっこりとこの家を訪ねて来たことがある。その時由美は、日当たりのいい縁側に金盥《かなだらい》を持ちだして、双肌ぬぎで髪を洗っていたが、その時私は、彼女の左の腕に奇妙な痣《あざ》のあるのに気がついた。それはちょうど北海道の地図みたいな恰好をした浅黒い痣であったが、それを見た時、私が不思議な感じに打たれたというのは、それまでにも私はしばしば、露出《むきだし》にした由美の腕を見たことがある筈だのに、いままで一度もそんな痣のあることに気付かなかったことである。しかし、この疑問はすぐ解けた。

「あら、いやあね。こんなもの見られてしまって」

由美は私の視線に気がつくと、あわてて右の掌でその痣をおさえた。

「どうしたのですか、それは。——火傷《やけど》でもしたのですか」

「そうじゃないの。痣よ、ずっともう先からあるの。あたし人に見られるのいやだから、洋装する時には、いつもこれで隠すようにしているのよ」

そういって由美は、かたわらに投げ出してあった太い腕環をとって、その痣のうえにはめたのである。

私はその時のことを思い出して、司法主任にその由を申し立てた。

「なるほど、そしてあなたはその痣の形を今でもハッキリ憶えていますか」

「ええ、憶えているつもりです」

「では、恐れ入りますが、ここにちょっとその痣の恰好を描いてみてくれませんか」

司法主任はそういって私に紙と鉛筆を渡した。私は乞われるままに、記憶を辿って、北海道の形に似た痣を描いて渡したが、すると司法主任はしばらくそれを眺めていたのち、

「何をですか」

「有難う。どうやら間違いなさそうですね。あなたも御覧になりますか」

「まあ、こちらへ来てごらんなさい」

司法主任は先に立って、私を例の洋室へ案内したが、そこは今では悲しい由美の屍体置場になっているのだ。部屋の隅に白布で覆われた由美の屍体が横たわっているのを見ると、私はいまさらのように、熱い塊を飲み下したが、司法主任は慣れたものである。眉毛ひとつ動かさず、白布のはしをちょっと、めくりあげると、由美の左腕を探しだした。そして見覚えのある腕環をパチッと外すと、しばらく私の描いた絵と見較べていたが、やがてニッコリと微笑うと、

「如何です。あなたもごらんになりますか」

と、私のほうを振りかえった。

そういわれて私も何気なく、司法主任のうしろから覗きこんで見たが、そこには間違いもなく、さっき私が描いて渡したと同じような痣が、くっきりと黝んだ皮膚のうえに浮きあがっていたのである。

こうして由美の屍体が、動かすことの出来ぬ証拠によって確認される一方、警察では

全市の内外に非常線を張って、真珠郎の行く方を探し求めたが、その結果は今更ここに申し述べるまでもあるまい。真珠郎は再び消えてしまったのだ。幾度も幾度もいうように、彼はまたもや、大海の中に滴らした一滴の水のように、完全にこの世から姿をくらましてしまったのである。

この事件がどんなに大きなセンセイションを、東京中に捲きおこしたか、それは、今更ここに細述するまでもあるまい。第一の事件の場合は、幸いに都会を遠く離れた片田舎の出来事だったから、同じく問題になったとはいえ、その記憶は世人にとっては、それほど生々しいものではなかった。しかし、今度は違う。たとえ市外とはいえ、殆ど市内となんら撰ぶことなき吉祥寺の出来事なのだ。東京市民が恐怖のどん底に叩きこまれたのも無理ではなかった。

新聞の伝うるところによれば、その数日間市内のいたるところにおいて真珠郎騒ぎが持ちあがったということである。ちょっと体の華奢な美少年は、その当座常に真珠郎に間違えられて密告されるという、滑稽な危険を覚悟しなければならなかったほどだ。

こうして幾日かすぎた。むろんその間には私の陳述によって、例のニュース映画が取りしらべられた。実際この映画と、瀬川氏が事件の当夜、真珠郎を乙骨邸の付近で目撃したという証言がなかったら、私は虚構の事実を申し立てるものとして、どのような重い嫌疑を蒙ったか計りがたいのである。瀬川氏の証言はともかくとして、この場合、ニュース映画は最も重大な証拠になった。ニュース映画には嘘もトリックもないのだ。そして、そこには歴然と、乙骨夫妻の後をつけている真珠郎の姿がうつっているのである。

私はもう学校へ行くこともやめた。この恐ろしい事件によって、私の生活は根底から打ち挫かれてしまったのだ。病気欠勤の届けを部長の手許まで差し出した私は、止むを得ぬ場合のほか、絶対に外出しないことにして、一室に閉じこもったまま、来る日も来る日も、あわれな由美の幻影を追ってくらした。すると私は忽然として、無間地獄に堕ちたような自分に気付くのである。

私は二、三度、乙骨をその病院へ訪ねたことがある。幸いにして乙骨のおびていた数ヵ所の傷は、いずれも相当深いものであったが、全部急所を外《はず》れていたために、生命《いのち》だけはとりとめることが出来るらしい。多量の血を失って衰弱した乙骨の、あわれな姿を見ると私は感慨無量であった。それでいてわれわれはあまり多くのことは語らなかった。語ろうにも、われわれの会見はいつも警官の立ち会いのもとになされたので、語ることが出来なかったからでもあるが。

こうして私はなすこともなき憂鬱な日々を送っていた。ひょっとすると、俺はこのまま木乃伊《ミイラ》のようにくさってしまうのではないかと思う事さえあった。ところが事実はそうではなかったのである。ある日ふと、私のもとを訪れた不思議な人物が、忽然として私を再びこの恐ろしい事件の渦中に呼び戻したのだ。そして、そのことによって私は急に、事件に対して、新なる興味と興奮をかんずるとともに、殆ど失いかけていた生活慾をさえも恢復することが出来たのである。

この人の名は由利《ゆり》麟太郎という。いうまでもなく、第二の事件が起こるまえに、再三私を訪ねて来たのはこの人であった。

実際これは不思議な人物であった。いつか嫂も話していたとおり、白髪をいただいた頭を見ると、七十歳の老爺であるが、壮健な体つきや、浅黒い顔色は、彼がまだ四十代の壮者であることを示していた。私はこの人の鋭い眼つきを見たとき、すぐにこれは探偵ではないかと考えたが、この私の第一印象は間違っていなかったのである。後《あと》になってわかったことだが、この人はかつて警視庁の捜査課長だったという経歴の持ち主であった。

私はこの人を自分の部屋にとおすと、いきなりこういって切り出した。

「いつかお眼にかかったことがありますね。ほら、銀座のS堂で……」

私は由美といっしょにニュース映画を見にいった日のことを思い出しながら、この人に対して猛烈な好奇心をかんじた。由利氏はそれを聞くと、見る見る顔面筋肉をほころばせながら、

「いや、これはどうも、それじゃ改めて初対面の御挨拶にも及びませんな。それにしても乙骨夫人はお気の毒なことでした。あの日、御一緒だったのがそうでしょう」

そういいながら由利氏はさりげない視線で私の部屋を見廻すのである。それは恰《あたか》も私の趣味や生活習慣をひとめで見抜こうとするもののようであったが、しかし、別に不愉快な眼付きではなかった。

「はあ、――」と、私は言い淀みながら「あの日もお訪ね下すったそうですね」

「お訪ねしました。実はね、S堂でちらりとあなたがたのお話を小耳にはさんで以来、非常にこう、この事件に興味をおぼえましてね、あなたがたの後についてあのニュース映画も見たのですよ。悪い癖です。頼まれもしないのに、とかく人の事件に首をつっ込みたがるのでしてね」

そう言って由利氏はまるで他人《ひと》ごとのように暢気《のんき》に微笑うのだ。その様子には何かしら人を惹きつけるものがあった。

「信州のほうへいらっしゃるとかいう話だったそうですが」

「行きましたよ。Nへも行って志賀君にも会って来ました。向こうで今度の事件を聞いたのですが、志賀君も私も非常に驚きましたね。先生、この事件にはよっぽど参っているらしいです。いろいろ、あなたがたのお噂も聞いて来ました。失礼だったかも知れませんが」

「ところで今日いらしたのはどういう御用件で」

「いや、別にこれといって用件はないのです。ただあなたにお眼にかかって、こうして漫然とお話をしたかっただけのことです」

「何かこの事件について、私に話をしろとおっしゃるのではありませんか」

「ええ、むろんそう願いたいのです。しかしね、私は改まってお話を伺うということをあまり好まないほうでして、というのは、改まって話をしようとすると、どうしても、そこに無理が出来る。嘘でないまでも、あなた自身の先入観が混って来る、だから御迷惑でなかったら、これから後なるべく、度々私に会って下すって、その時、その時、私の聞くことに答えて下されば有難いと思うのです。その方が今度の事件のような、特に複雑した事件の場合には間違いのない方法なんですよ。いくらかスローの謗《そし》りはまぬがれぬかも知れませんが」

「いや、それは造作のないことです。どうせ私は学校のほうも休んで遊んでいるのですから。しかし、あなたはこの事件を、そんなに複雑な事件だとお思いになりますか」

「そうですとも、その点に関しては私は志賀君と全く同意見なのです。この事件はね。表面に現われているような、しごく単純なものではありませんよ。そこには非常に恐ろしい智慧で企《たくら》まれた、二重も三重もの底があります。椎名さん、これは実に恐ろしい事件ですよ」

最後の言葉をいう時、由利氏はひょいと声をおとすと、真正面からじっと私の顔を凝視するのである。私はその時、言葉の意味でなしに、その言葉の調子に怯えて、思わずはっと心を躍らせたくらいであった。

「私には分かりません。もしこの事件があなたの仰有るように二重も三重も底のあるような事件だとしたら、私はとてもあなたのお手助けにはなるまいと存じます。そういうふうな考え方をすることは、私は至って不得手のほうですから」

「いや、よく分かっています。しかしその方が却って私には好都合なのです。実はね、失礼ながらあなたの御性格なども、かなり詳しく調べてあるのですよ。いやいや、そうむきになられてはいけません」

と、由利氏は両手で私を抑えつけるようにしながら、

「これがね、事件に対する時の私のいつもの習慣なのです。私はほかの人のように、結果から原因へさかのぼっていくのではなしに、事件が起るといつも自分で改めてその事件を組み立てて見るのです。ちょうど劇作家が劇を組み立てるようにね。そしてその中からどうしても犯罪などやれそうにない人物を、順々に取り除いていくことにしているのですが、今度の場合、第一に除去されたのがあなただったというわけです。しかのみならず、あなたが非常に公平で常識的な判断力を持っていられることも知った。この事は、今度の事件のような場合には、大変重大なことなんですよ。だから、あなたの持ちまえの、その公平さ、囚《とら》われない判断力、そういうものを出来るだけ損わないようにしながら、お話をうかがって行きたいと思っているのです」

由利氏の言葉の全部が全部、私を納得させたわけではない。しかし、探偵というような事業は私の専門外に属することなのだ。そして私は、いつも専門のことは専門家の意見を尊重するのが、一番賢明なやりかたであると考えているものなのである。

「お説のように、私が果たしてそれほど克明に、そして囚われないでお話し出来るかどうか分かりませんがねえ」

私はふと、由美をめぐる私と乙骨とのいきさつを思いうかべて、侘しげに答えた。由

利氏はしかし、すぐ私の心持ちをさとったと見えて、

「それは乙骨夫人に関して言っていられるのでしょう。いやお隠しになってもよく分かっています。あなたは物を隠そうと思ったら、もっと悪賢くならなければ駄目ですよ。乙骨夫人に対してあなたがある種の感情を持っていられることは、志賀君ですらちゃんと知っていましたよ。失礼ながら、S堂ではじめてあなたがたを見たとき、私にもすぐ分かりました。しかし、それはそれでいいのです、こちらでよく心得ていますから」

「しかし」

と、私は出来るだけ早くこの問題から話題を外らすために、急いで言った。

「あなたはどうして、この事件をそんなに複雑なものだとお考えになるのですか。ただ漠然とそういう感じがするのですか。それとも、Nで何か発見でもされたのですか」

由利麟太郎氏はその質問に対して、暫く答えようとはしないで、ずっと私の面に眼を注いでいたが、やがてふと眼を反らすと、軽い溜め息をもらした。

「私がこの事件に対して興味を抱くに至ったのは、非常に簡単な理由からなのです。しかし、その事は今申し上げますまい。言ったところで、とてもあなたは信用しないだろうからです。しかし、現在私がこの事件に熱中しているのは、決して根拠のないことではないのです。私はNでいろんな発見をしましたよ。それから松本の刑務所へ行って、そこで狂死した真珠郎の父についても調べて来ました。御存じかも知れませんが、降旗《ふりはた》三郎という名の男です。この男の過去についても詳細に調べましたよ」

「そして、そこでどういう秘密を発見されたのですか。何か一つのことでいいから私に話してくれませんか、でないと、私にはとてもあなたの仰有るような考え方で、この事件を考える事が出来ないのです」

由利氏はしばらく考えるように、私の顔をまじまじと見詰めていたが、急に体をまえへ乗り出すと、声を落として、

「それでは、手土産代わりに唯一つのことをお話しておきましょう。あなたはあの柳の木を御存じでしょう。ほら、あなた方が最初に真珠郎を垣間見たというあの柳の木です」

「ええ、よく憶えています。あれがどうかしましたか」

私も思わず体を前へ乗り出した。

「あの柳の木がどうしてあそこに植わっているか、あなたは考えて見たことがありますか。私は鵜藤家に長く仕えていたという爺やにも会って、いろいろ聞いてみたのですが、爺やがあそこにいる間には、そんなところに柳の木なんかなかったそうです。してみると、爺やがいなくなってから誰かが、——むろん鵜藤氏にちがいありませんが——あそこへあの柳を植えたのにちがいありません。この事は非常に私の注意をひいたのです。何故といって、あなたがたが初めて真珠郎を見られたのがその下だったし、そしてその時のことを聞いて、鵜藤氏がたいへん驚いたということを、志賀君からも聞いていたものですからね。ところで人が柳を植えるというのはいったいどういう場合でしょう。私

はいろいろ考えて見ましたが、やがて一つの結論を得ました。そこでひそかにあの柳の根元を掘ってみたのですが、そこに何があったと思いますか」

　由利氏はそこで言葉を切ると、探るような眼つきでじっと私の顔を見るので、その意味ありげな様子に、私は思わず膝をすすめると、

「何があったのですか」

「骨ですよ」由利氏は声をおとして囁くように、「五体そろった人間の骨なのです。つまりあの柳は私が想像したとおり、墓標代わりにあそこへ植えられたものなんですよ」

　私はハッとした。何かしら急に視界が明るくなって、今まで頭脳《あたま》のなかでもやもやとしていたものが、俄かにある一点に凝固して来るようなかんじなのだ。しかし、その凝固物の正体がなんであるか。そこまではこの私には分からなかった。

「しかし、しかし」

　と、私は思わず言い淀みながら、

「そのことが今度の事件と、どういう関係がありますか」

「まだお分かりになりませんか。あなた方がはじめて、あの柳の木のしたで真珠郎を見たという事を、鵜藤氏に話したとき、鵜藤氏のおどろきは非常なものだったというじゃありませんか。何故、鵜藤氏がそのように驚いたか、それと、この事実を結びつけて、何かあなたの頭脳《あたま》にうかぶ疑惑がありませんか。それは非常に恐ろしい疑惑です。しかし、その疑惑こそ、この事件を決定する、第一の重要な鍵なんですよ」

そう言って、由利麟太郎氏は鋼鉄のような眼できっとばかりに私をにらみすえたのである。私は思わず全身の骨の髄まで冷たくなるような、辛辣な恐怖をおぼえたものだった。

第十四章　第三の惨劇

その後、約束どおり由利氏はしばしば私のもとを訪ねて来るようになった。探偵とはいえ、この人は決して不愉快な人物でなかったので、私にもこの人と会うのが間もなく次第に楽しみになって来た。われわれは常に事件の話ばかりしていたわけではない。むしろ時間的にいえば、ほかの四方山《よもやま》の話をしていたときのほうが多かったであろう。そういう世間話の合い間合い間に、ひょいひょいと挟む由利氏の質問はたいへん巧妙なものであった。こうして間もなく、由利氏は聞きたいだけのものをすっかり私から引き出してしまった。

私といえば、あの柳の木の下に埋《うず》めてあったという人骨の謎さえ、いまだに分からないほどの迂闊さであったが、それでもこの事件が世の常ならぬ種類のものであるらしいことは、しだいに分かって来た。

ある時、由利氏はふとこんな話を私に洩らしたことがある。

「松本の刑務所で狂死したという真珠郎の親父ですがね、こいつは上伊那の人間なんですよ。上伊那で降旗家といえば、相当近在でも聞こえた旧家なんだが、どういうものか代々白痴や犯罪人が出るらしい。血統のせいでしょうね。それでいて、この降旗家の血統を引いている人間は、みんな素晴らしく綺麗なんだそうです。男は美男で、女は美人というわけで、真珠郎の親父の降旗三郎なども、その代表的なほうであったらしかったが、何にしても呪われた一族ですよ。降旗三郎にはちゃんとした法律上の妻もあり、子供もあったらしいのだが、今は一家離散してしまって、その行く方も分からないそうです」

「真珠郎の母親というのについては、お調べになって見ませんでしたか」

私はふと思いついてそう訊ねてみた。

「調べてみました。しかし、このほうはあまりハッキリ分からないのです。真珠郎日記にも、美しき白痴の山窩娘とあるだけで、名前すら分からない。しかし、非常に大胆な想像が許されるなら、問題の老婆ですね、ほら真珠郎が扮装していたという――あの奇怪な老婆です。ひょっとすると、あれがそうではないかと思うのですが」

「なんですって！」

私はびっくりして思わず声をたかめた。

「それじゃわれわれの見た、あの奇怪な老婆が真珠郎の母だったと仰有るのですか」

「いや、はっきりしたことは分からないのですが、そういう事はあり得ると思うのです。あの老婆は毎年夏になると、あの湖畔へやって来て、小屋がけで住んでいるという。本人自身にもよく分からないが、何か動物的な本能が、彼女を湖畔に惹きつけるのではないでしょうか。自分でも真珠郎を産んだ場所を、そことはハッキリ知らないでいて、やっぱり何かの本能で引きずられるのだという見方は如何でしょう」

なるほどそれは必ずしも不自然な想像ではないように思われる。しかしなんという恐ろしい、不思議な因縁話であろう。真珠郎はおそらく、それが自分の母親と知らずして、その扮装を借りたのであろうから。

「あなたはその老婆にお会いになりましたか」

「いや、会いませんでした。探したが見付からなかったのです。夏にでもなれば、またあの湖畔へやって来るかも知れませんねえ」

こういうふうにして、私と由利氏との諒解はしだいに深まっていったが、しかし事件は一向はかばかしく片付きそうには見えないのである。むろん、私たちがこういう問答に時間をつぶしているあいだ、警察のほうとても決して怠けていたわけではなかった。

おそらく真珠郎の行く方を捜索するため、あらゆる手段が尽されていたにちがいないのだが、それにも拘らず、あの奇怪な美少年の行く方は遂に分からなかった。

しだいに日数がすぎていった。そして忘れっぽい世間の記憶から、あの恐ろしい事件の影が漸くうすれていった頃、乙骨三四郎は突如として吉祥寺の家を引きはらって、麻布にあるアパートへ移った。言い忘れたが、その後とても私と乙骨の交際は決して途絶えてしまっていたわけではないのだ。

　退院後もしばらく、彼の健康はなかなかはかばかしく回復しなかったので、私は時々彼を見舞ってやらねばならなかった。それは私にとっては決して愉快な仕事ではなかったのだが、なんとなくそういうふうに義務づけられているような気がして、しばらく彼を見舞わないと、私の気がすまなかったからである。

　私たちは出来るだけ、あの恐ろしい事件から話を反らすようにしていたが、それでもどうかすると、その方へ話題がおちていくことがある。殊《こと》に由利氏の出現後、私の心は常にこの事件によって占領されていたので、自然、この話に触れることが多かった。

　乙骨も私の口から聞いて由利氏に非常に興味を持っているらしかった。どうかすると、彼の方から、由利氏の消息を聞くようなこともあったが、殊に、あの柳の木のしたで人骨を発見したという事実は、ひどく彼の心を動かしたらしかった。

「ほほう、それは妙だね。しかしその人骨の主が何者だか、由利氏は言っていなかったかね」

　事件以来、痩せていっそう棘々しくなった乙骨は、どことなく、野犬を思わせるような眼に、興奮の表情《いろ》をいっぱいうかべながらそういうのだ。

「いや、それは聞かなかった。由利氏自身にもそこまでは分からないのじゃないかな」

「そうかしら。しかし、それにしても妙じゃないか。由利氏の説をとると、あの柳は墓標の代わりに植えたものだという。しかも爺やがいなくなってから植えたとすると、当然、この二、三年のうちに、誰かがあの家で死んだということになる。しかし、鵜藤氏も由美も――鵜藤氏はともかく、由美が一言もそれに触れなかったのは妙だね」

「そうなんだよ。僕はともかく、君にも話をしなかったかね」

「いいや、聞かなかった。これには何かわけがあるんだね」

乙骨は激しく爪を嚙みながら、

「とにかく、あの鵜藤の家には、われわれが知っている以上に、もっともっと恐ろしい秘密があったのだね。何かこう、妖怪めいた秘密が。……」

「そうかも知れない。そして由美さんはそれを知っていたから、真珠郎に狙われたのかも知れないね」

「そうだ、そうにちがいない。しかし、これ以上の秘密というのはいったい何んだろう」

乙骨はそういうと、探るように私の眼のなかを覗きこみながら、それきり黙りこんでしまったのである。

乙骨が吉祥寺の家をひきはらって、麻布のアパートへ移ったのはそれから間もなくのことであった。

ところが、このアパートへ移ってから乙骨はしだいに落ち着きをうしなっていったのである。彼が急に身辺を厳重に警戒しはじめたのが、はっきりと私の眼にうつった。

彼は滅多に外出しなくなった。そしていつ訪ねても、扉《ドア》にピッタリと鍵をおろして、訪問者が私であるということが分からなければ、絶対にそれを開こうとはしないのだ。

私は間もなく、彼がちょっとした物音にもとびあがり、決してピストルを身近なところから離さないことに気がついた。

「どうしたんだ、君。ひどくビクビクしているじゃないか。何かあったのかい?」

ある日、贅沢なアパートの一室で、彼と差し向かいになった時、私は思わずそう訊かずにはいられなかった。

「見たんだよ。俺は。――」

乙骨はそういいながら、手をふるわしてウイスキー・グラスにウイスキーをつぐと、そいつを自暴自棄のように呷《あお》りながら、どこか気狂いを思わせるような瞳で私を見るのだ。

「見たって? 何を見たんだ」

「あいつだ! 分かっているじゃないか、真珠郎の奴だよ」

私は思わず椅子からずり落ちそうになった。私には何かしら、真珠郎という言葉が人間的ではない、超自然な力をもった妖怪のような気がするのであった。

「君、そ、そりゃ本当かい」

「本当だとも! 誰がこんな恐ろしい嘘をつくもんか!」

乙骨はそういって、近頃飲みはじめたウイスキーをぐいぐいと呷るのだ。そのすさんだ顔が、蒼黒く歪んでいるところを見ると冗談とは思えない。

「そして、それはいつの事なんだい」

私は声を押しころして訊ねた。

「いつといって、近頃毎日のようにだよ。椎名君、あいつはこの俺をつけ狙っているんだよ。俺を殺して、由美や鵜藤氏と同じように首をチョン切ろうと思っているのだ。はははは」

乙骨は毒々しい声をあげて微笑った。その声には何かしら、気狂いじみた響きがこもっていて、私は思わずゾクッと背筋の冷たくなるのをかんじた。

「しかし、君、それならそうと、警察へとどけるなりなんなり、なんとか防禦策を講じたらいいじゃないか。見す見す真珠郎が身のまわりにうろついていることを知っていて、そのまま放っておく手はあるまい」

「警察へとどけて、いったいどうなるんだい。あいつはまるで影みたいな奴なんだ。警察の手で捕《とら》えられるものなら、既に今迄に捕《とら》えられている筈じゃないか。畜生ッ、負けるものか。俺一人の手で闘ってみせる。きっと由美の敵を討ってみせる」

乙骨は額にニューッと二本の青筋を立てながら、きりきりと奥歯を嚙んでいたが、急に気を取り直したように、

「そういうわけだから、君はあまり俺に近寄らないようにしたほうがいいぜ、あいつは気狂いだから、どんな事でまた、君にとばっちりが行くかも知れない」

と、いったが、すぐまたがっかりしたように、

「いやいや、そうじゃない。やっぱり時々来てくれたまえ。君でも来てくれなきゃ、俺

はもう怖くて怖くて仕様がないんだ。ねえ君、あいつはほんとうに俺を殺すつもりだろうか。ああ、いやだ、いやだ。俺はどこかへ逃げ出したくなったよ。正体も分からぬ、化け物みたいな奴を相手にするのはまっぴらだ。あ、あれは何んだ」

乙骨はふいに卓上にあったピストルを取りあげると、まるでバネ仕掛けの人形のようにピョコンと椅子から立ちあがったのである。

その時、誰かが扉《ドア》をノックしたのだ。ついで、

「乙骨さん、乙骨さん、電報ですよ」

という声が聞えた。

乙骨はいくらか安心したように、それでも用心深くピストルをポケットに入れたまま、立っていって扉《ドア》をひらいた。扉《ドア》の外に立っていたのは、このアパートに働いている可愛らしい女給仕なのである。乙骨はひったくるようにその電報を受け取ると、再びピッタリと扉《ドア》をしめてしまった。

「電報ってどこからだい？」

乙骨は急いでそれに眼をとおすと、

「なあに、友人からなんだがね」

といくらか落ち着いたように、もとの椅子へ戻って来て腰をおろすと、

「いつか由美が話しゃしなかったかね。実は友人と一緒に、満洲のほうで仕事を企《たくら》んでいたんだが、あの事件のために一時延期をしていたんだ。そいつからの催促なんだが、

ああ、俺はほんとうに、満洲へ行ってしまいたい」

これを要するに、乙骨三四郎のこの時の言葉なり態度なりは、悉《ことごと》く私を驚かせることばかりだった。私はいまだ嘗《かつ》て、この男がこんなに混乱しているのを見たことがなかった。元来、心憎いほど冷静で、物に騒がない男だけに、こういう態度を見ると、私はなんとも言えないほどの不安をかんずるのだ。真実、真珠郎が彼をつけ狙っているのだとしたら、このまま放っておくのはよくないことかも知れない。彼の意志にさからってでも、警察へ届けておくのがほんとうではなかろうか。——そんな事を思い悩んでいるところへ、ちょうどいい具合に、その翌日、由利氏がまた私のところへ訪ねて来た。

私はなんとなく救われたような気がして、早速、昨日のいきさつを由利氏に話したのである。由利氏もそれを聞くと非常に驚いたような様子だった。

「そ、それはほんとうですか。乙骨氏が真珠郎を見たというのは？」

由利氏の驚きがあまり激しかったものだから、私の不安はいよいよ濃くなって来る。

「どうも本当らしいんです。乙骨の話しぶりは尋常じゃありませんでしたからね」

「それは大変だ。それは大変だ！」

由利氏もソワソワとして、今にも立ち上がりそうにする。

「すると、あなたも、何か乙骨の身に間違いがあると思うのですか」

「むろんですとも、考えて御覧なさい。今迄誰かが真珠郎を見たあとには、必ず、殺人が行なわれている。ひょっとすると。……」

いいかけた時、階下から私の名を呼ぶ嫂の声が聞こえたのである。

「耕さん、耕さん、お電話ですよ。乙骨さんという方からです」

私は思わずドキリとして由利氏と眼を見交わした。それから相手が無言のうちに頷くのを見ると、大急ぎで階段をおりて、電話口へとんでいったのである。

「もしもし、乙骨君かい。こちら椎名だよ。もしもし、もしもし」

しかし、どうしたものか電話の向こうは森と鎮まりかえっているのである。だが、よくよく耳をすましてみると、その静けさの底から、何やら気ぜわしい音が立てつづけに聞こえて来るのだ。どうやらそれが電話口のそばにいる人間の息使いらしいということに気がついた私はふいと、何んとも言えない恐ろしさをかんじて、思わずガクガクと受話器を持った手がふるえた。

「もしもし、もしもし」

といいかけた時、ふいに静かな電話の向こうから、プスというような物音がきこえた。そして、それにつづいて、二、三度、激しく息をうちへ引くような声、それから、ドタリと何かが床のうえに倒れるような、鈍い物音がした。私は思わずゾーッと総毛立つのをかんじながら、夢中になって電話口にしがみつくと、

「もしもし、乙骨君、乙骨君！　どうしたのだ。何かあったのかい。こちら椎名だよ、椎名耕助だよ」

「椎名さんですか」

ふいに、甘い、ゆるやかな声が聞こえて来た。何かしらそれは厚いカーテンの向こうからでも聞こえるような、妙に不明瞭な声だった。

「椎名さんですね。私はよくあなたを知っています」

と、その声はゆっくりゆっくりと、一句一句言葉を切って、

「お訊ねの乙骨三四郎は死にましたよ。今床のうえに倒れて、心臓からドクドクと血が吹き出しています。私が撃ったのです。私の名前ですか。私の名前は真珠郎。——」

ふいに、低いうめくような笑い声が、ゆらゆらと電話の向こうからきこえたかと思うと、ガチャリと電話が切れた。それから私がどうしたか、今考えてみてもどうしてもその時のことがハッキリと思い出せないのである。おそらく私は、受話器を握りしめたまま、数分間そこに立ちすくんでいたのにちがいない。もしこの時、由利氏が二階からおりて来て、電話室を覗いてくれなかったら、私はもっと長く、そうしていたかも知れないのだ。

由利氏は私の口から、今のいきさつを聞くと、すぐ私の手から受話器をむしり取って警視庁を呼び出した。そして電話口で忙しく何やら喚いているのを、私は夢のように聞いていたのである。

「行って見ましょう。とにかくKアパートまで行って見ましょう。私には信じられないことだが。……」

電話をかけ終わった由利氏にせき立てられて私たちは大急ぎで表へとび出した。そし

て通りかかった円タクを拾って、Kアパートへ着いたのは、それから十五分とは経っていなかったろう。

　アパートにはまだ、警察から誰も来ていないようであった。その妙に静かに取りすましているアパートの長閑《のどか》さが、私にはいっそう恐ろしいように思えたのだ。

「乙骨氏の部屋はどちらですか」

　由利氏の問いに私が先きに立って階段を登ろうとすると、ちょうどその時、受付の窓口から見覚えのある可愛い少女が顔を出した。それを見付けると由利氏はふと立ちどまって、

「君、乙骨氏のところに、今日誰か訪ねて来た人があったかね」

　由利氏のなんとなく厳粛な口吻《くちぶり》に気圧《けお》されたのであろう、少女は出かかった愛嬌笑いを、あわててひっこめると、

「はあ、先程、どなたかお客様のようでした」

「そして、その人はまだいるかね」

「いいえ、つい今の先、お帰りになりました」

「その人はどういう様子をしていた？　年寄りかね、まだ若い人かね？」

「はあ、まだ若いお人のようでございました。お顔はよく見ませんでしたけれど、色白の体の華奢な方でした」

「どんな服装をしていたか憶えていないかね」

「さあ」

と少女は首をかしげて、

「そうそう、いらした時、階段の下で外套をお脱ぎになったところを見ましたが、何かこう、パッと眼のさめるような草色の洋服を召していらっしゃいましたが……」

それだけ聞けばもう十分である。

私たちは飛ぶようにして階段をのぼっていったのである。乙骨の部屋の扉《ドア》はぴったりと閉ざしてあったが、鍵はかかっていなかった。扉《ドア》をひらいてみると、カーテンをおろした部屋のなかは薄暗かった。その薄暗い部屋のなかのテーブルの下に、ニョッキリと突き出した二本の脚が、先ず第一に私の眼をとらえた。

「あっ！」

と、思わず立ちすくむ私を押しのけるようにして部屋のなかへ躍りこんだ由利氏は、ひとめテーブルの向こうを覗きこむと、どうしたのか、わっと叫んでうしろへとびのくのだ。

「ど、どうしたのですか」

そうでなくても怯え切っている私は、由利氏の声にいよいよ肝を消しながら、まだ扉《ドア》のところに立ちすくんだままそう聞き返したが、すぐ思いついて、

「また――また、首をチョン切っていったのではありませんか」

と、喘ぎ喘ぎ訊ねた。

「いや」

と、由利氏もやっと立ち直ると、

「そうじゃないが、まあ、ちょっと来てこの顔を見たまえ。これはひどい。まるで悪魔の所業だ」

そういう声に怖々部屋のなかへ入って、テーブルの向こうがわを覗きこんだ私は、これまた由利氏と同じように、

「わっ、こいつは――」

と、叫ぶと、浮き足だって思わず二、三歩うしろへ逃げ出したのである。

われわれが驚いたのも決して無理ではなかったのだ。首こそ切りとってはなかったが、乙骨の顔は、縦横無数の切り傷のために、その相好さえも分からぬくらい、滅茶滅茶に斬り刻んであるのであった。

無残とも、凄惨ともいいようのないその恐ろしさ。それこそ全く、由利氏も言ったように、悪魔の所業以外のなにものでもなかったのである。

第十五章　暗夜行路

初夏の微風が、あざやかな新緑の並み木を、ザワザワと快くゆすぶって、群青いろに晴れわたった空に、くっきりと聳えている浅間の姿が、寝不足の眼には爽やかであった。

緩やかな傾斜を、ゴトゴトと登っていく、単調な自動車の音にまじって、ときどき、思いがけない方角から、杜鵑《ほととぎす》の声がおちて来る。高原の朝の空気は爽快の一語で尽きる。ゆるい傾斜の峠をのぼっていくにしたがって、この辺特有の強烈な日射しは、くゎっと眩しく眼を射るのであるが、窓から吹き込んで来る風は、氷の気をふくんだように、新鮮で快い。

しかし、こういう清冽なあたりの風景も、少しも私の心を浮きたたせてくれる足しにはならないのである。私は熱した頭を、ぼんやり自動車の窓にのっけたまま、見るともなく、移りゆく窓外の景色に眼をやっていた。

混乱した私の頭脳《あたま》は、思考力をうしなってしまって、何を考えるのも億劫なのだ。私の胸は深い哀愁にとざされ、いくらか熱の気があるのではないかと思われる私の四肢《てあし》は、自らの意志をうしなったように、物憂く倦怠《けだる》かった。

しかし、私はやっぱりこの旅行を終わりまでつづけなければならないだろう。

私はちょうど目隠しをされて、迷路のなかを引き摺りまわされているようなものだ。とっくの昔に、逞しい意志と、荒々しい気力をうしなってしまった私は、いったいこれから先どこへ辿りつこうとするのか、またこの旅行が終わったら、私の物語がどんなふうなものになるのか、ちっとも知っていないし、また知ろうともしないのである。しかし私は最後までいって見なければならぬ。よしそこにどのような驚くべき事態が待ちかまえていようとも。――そして、その事はもはやそれほど遠い将来ではないであろう。

どこかでまた鋭い杜鵑の鳴き声が聞こえた。昔のひとが啼いて血を吐くといったその鳥の鳴き声のなかには、なんとなく、憔悴した私の胸を破るものがあった。

「杜鵑ですね」

窓のそばにもたれている私のそばに、ちかぢかと顔を近づけて、ふとそういったのは、白髪《はくはつ》の由利氏である。

「ええ、杜鵑です」

「杜鵑を聴くなんてことは滅多にない。あ、また啼いた、なるほど」

由利氏はしばらく中腰になったまま、山麓をはっている緑の灌木林を眺めていたが、やがてその眼を私のほうにうつすと、

「おや、どうかしたのですか。顔色が悪いようですね」

と、そのままそこに腰をおろした。

「そうですか。昨夜よく眠れなかったものですから、なんといっても昨日《きのう》のあの発見は、私にとっては大きな衝動《ショック》でした」

「あなたはあまり正直だから。そう考えつめないほうがいいでしょう。これからさき、まだまだ、どんな驚くべきことが待っているかわからないのですから」

「覚悟しています。もう、どんなことに出遭っても驚かないように致しましょう」

「それがいいでしょう。とにかく、あなたはあまり善良すぎるから」

由利氏はそのまま眼を瞑《つむ》って考え込んでしまった。

なんというこの人は不思議な人物であろう。まるで魔術師が帽子のなかから一つ一つ、いろんな品物を取り出して観客を驚かせるようにこの人はつぎからつぎへと、私の眼のなかの埃を取り除いてくれるのだ。そして、その埃がすっかりなくなったら、私はそこに、いったいどのようなことを発見しなければならないのだろう。

私たちはいまもう一度、最初の惨劇が起こったあのN湖畔へ行こうとしている。しかも、私と来たら、なんのためにそこへ行かなければならないのか、何が私たちを待っているのか、少しも知らないのである。全くあなたまかせの傀儡《かいらい》とは私のことだった。

だが。――

ここでは一応、どうして私たちがこの旅行を思いつくに至ったか、その経路を簡単にお話しておかねばなるまいと思う。

乙骨三四郎が、あの通り無残な最期をとげたあと、私はまるで旋風のような激しい渦のなかに巻きこまれてしまった。来る日も来る日も、私は警察へ呼び出されて、執拗な、そして、疑いぶかい訊問に答えなければならなかった。明らかに警察では、私に対して深い疑惑を抱いていたのだ。それも無理ではないのである。私こそ、この事件の関係者のなかで、最後まで生き残っている唯一の人物だし、しかも、あらゆる事件は、常に私の身辺で突発しているのだから。

今から思えば、戦慄を禁じ得ない。この時、由利氏の骨折りがなかったら、私はおそらく犯人に仕立てられてしまったことであろう。実際、過剰の刺戟と興奮のために、雲母板のように薄く剝がれてしまった私の神経は、それ以上の訊問と追求に、耐え得られなくなっていた。他人からお前が犯人だぞと言われると、そのまま、自分でもそうかと思いこんでしまいそうな、そういう危険な状態になっていたのである。

しかし私は救われた。由利氏の努力によってひとまず、私にかかる嫌疑は解消したかたちになっている。そして警察では依然として真珠郎の捜索に血眼になっているのである。

ああ、呪うべき真珠郎！　あいつはいったい、いつまで人騒がせを続けるつもりだろう。世間ではとっくの昔よりこの不可思議な美少年の実在に関して、深い疑惑を寄せているらしい。その渦中にあって、唯一人この私だけが、頑として彼の実在を主張して来たのだが、ちかごろに至って、そういう私自身でさえも、いくらかこの信念について動揺を感ずるのである。

尤もそれには、由利氏の暗示が大いに影響していることは見逃がせない。ある日、由利氏は私をとらえて、次のような質問を切り出したのである。

「真珠郎、真珠郎としきりに仰有るようですが、そういうあなた御自身、いままでに、真珠郎を見られたのは、何度あるのですか」

「さあ」

そこで私は首をかしげて、最初その男を、湖畔の柳の木のしたで見たときのことから思い出して見た。その後、鵜藤氏殺害の日に一度と、須田町の交叉点において一度、それから、由美の惨殺された夜に一度と。あの銀幕の映像をのぞいては、都合、四回見参していることになるのだ。

「なるほど。そうすると、由美さんが殺害されてから後《のち》というものは、あなたは一度も、真珠郎を見たことがない。——と、こういうことになりますね」

そう言われて、私は思わずハッとして由利氏の顔を見直した。

「なるほど、そう仰有ればその通りです。しかし、その事に何か意味がありますか」

「ないとは言えませんね。およそこの事件に関する事は、どんな些細な事柄でも、みなそれぞれ重要な意味があるのですから。例えばですね。鵜藤氏の場合でも、由美さんの場合でも、あなたは現に、その眼で真珠郎が兇刃を揮うところを目撃していられる。だからあなたは、自信をもって犯人は真珠郎だと言いきることが出来る。ところが乙骨氏の場合だけは違っている。あなたは真珠郎の姿を見なかった。それだのに、どうして真珠郎が犯人だと断言することが出来ますか」

「だって私は声を聞きました。電話でそいつが真珠郎だと名乗るのを聞いたのですよ」

「しかし、あなたは真珠郎の声を知っていますか。電話の声が、果たして真珠郎にちがいなかったと、断言することが出来ますか」

「さあ」

「出来ないでしょう。それだのに何故《なにゆえ》あなたは、乙骨三四郎を殺した人物を真珠郎だと思いこんでいるのでしょう」

何故《なにゆえ》だろう。そうだ、そういうふうな分析的な質問に会うと、私はもう一度あの場合の自分の心持ちを考え直して見る必要がある。そして、そこから次のような結論が引き出されるのだ。

「それはこうではないかと思います。乙骨が殺害される少しまえに、私はあの男に会いましたが、その時彼がひどく真珠郎を恐れていた。彼はしばしば真珠郎の姿を見、ちかいうちにあいつに殺されるかも知れないと言っていた。この事はすでに前にもお話しておいたと思いますが、それが頭にあったものだからあの電話を聞いたとき、一も二もなく到頭やられたなという気が強くしたのです」

「その通り、私がお訊きしたかったのも、そういう心理的な過程なのです。あなたは乙骨氏に強い暗示をあたえられていた。ところで、ここで一応忠告しておきたいのですが、このような事件に際しては、あなたは絶対に、御自分の眼で見られたこと以外には、信用してはならないということですよ」

「と、いうと？　それはどういう意味ですか。乙骨の言葉をあの時、そのまま信用してしまうのはいけなかったと言うんですか」

「まあ、そういうことになりましょうかな」

「なんですって！　それじゃあなたは、乙骨が嘘をついたと仰有るんですか。あの男が真珠郎を見たなんていったのは、みんな嘘だったと仰有るんですか」

「そういうことになるかも知れません。しかし、それを極めてしまうまえに、もう一つ、別の方面から考えて見ようじゃありませんか」

由利氏は何かまとまった意見を吐くまえの癖として、両手を絡みあわせながら、しばらく眼を瞑《つむ》って考えこんでいたが、急にそいつをくゎっと瞶《みひら》くと、

「この事件には三つの殺人が相関連して起こっているのですが、不思議なことに乙骨氏の場合を除くほかの二つの事件に際しては、いつもあなたが、目撃者、あるいは証人としての立場におかれている。実際これは妙ですよ。あなたは二度までも真珠郎が兇刃を振う場面を見せられたばかりでなく、いつも事件のまえにはやがて起こるべき事件を暗示するかのような、真珠郎の出現に驚かされている。これはどう考えても偶然とは思いきれない何物かがある。N湖畔の場合はともかくも、須田町で真珠郎を見たというのはあまり話がうまく出来すぎている。あなた御自身そう思いませんか」

「そうなのです。実際あれは不思議でした。しかし、そういえば第二の事件の場合は更に妙ですよ。真珠郎は何故、撰りに撰ってあの晩やって来たのか、何故私が、たった一度泊まったその晩に、あんな兇行が演じられなければならなかったのか、それを考えると、私はもっと妙な気がするんですよ」

「そこなんですよ!」由利氏はハタと強く膝を叩いて、

「私が指摘したいのはその点なんです。前にも言ったように、この事件に於てはどんなに些細に見える出来事でも、それぞれ重要な意味を持っているのですから、従って真珠郎が撰りに撰って、あの晩を兇行の夜に撰んだというのも、何かその必要があったにち

がいありませんが、さてその必要とはなんだろう。つまりこの事件にはいつも目撃を必要とした。犯罪はいつでも、証人のあるまえで行なわれなければならなかったということになるのです」

「あ、そう仰有れば、私も一度漠然とそれに似た感じにうたれたことがあります。しかし……」

「しかし、何んのために証人が必要だったかと仰有るんでしょう？　それはね、犯人は真珠郎であると思いこませるためなのです。ということは、逆にいえば犯人は真珠郎でないということになります」

「何んですって？」

私は思わず呼吸《いき》を弾ませると、

「すると、あなたは私の証人としての資格を、あたまから否定なさるんですか」

「いや、いや、そう早まっちゃいけません。あなたの目撃された事実は、いつも動かすことの出来ない実際であったでしょう。しかしね、どんな賢い証人でも予め、そういう場合を勘定に入れて仕組まれた狂言にはかないませんよ。それに、第一の場合でも、第二の場合でも、あなたは実際直接に犯行の場面を見ていたわけじゃなかったのです。第一の事件の時には湖水が、そして第二の事件の時には、扉《ドア》があなたと、犯罪現場のあいだを隔てていた。そこにはどんなカラクリだって、やろうと思えばやれる余裕があったということを見遁がしちゃいけませんよ。つまり私が率直に言いたいのは、真珠郎は、犯人ではなく傀儡にすぎなかったということなのです。いやいや、ひょっとすると、真珠郎なんて人間は、ほんとうは、この事件に少しも関係のないことかも知れないのですよ」

私には由利氏の言葉が非常にもどかしかった。もうひと息で、私が事件の真相に到達しようとしていることは明らかだ。由利氏の言葉を、もう一つひょいと裏がえして見れば、何もかも明らかになる事なのかも知れない。そのひと息。——ああ、そのひと息がつづかないもどかしさ。

「それじゃね。今度は一つ乙骨氏の場合を考えて見ようじゃありませんか」

由利氏は平然として言葉をつぐと、

「まえの二つの場合に、真珠郎がいつもあなたのまえに、顔を出すのに非常に重大な意味があったとすれば、最後の事件において、一度もあなたが真珠郎を見なかったということにも、何んらかの意味があると見なければなりません。何故だろう。何故最後の事件に限って、真珠郎はあなたの前に現われなかったのだろう。真珠郎はあなたを懼れたのだろうか。いやいや、あの白昼の大胆な手口や、電話の一件から考えても、そんなことはとうてい考えられない。それにも拘らず、真珠郎はあなたのまえに姿を見せることが出来なかった。直接姿を見せる代わりに、乙骨氏の口から語らせるという、大変間接的な方法を用いた。これにも何か、重大な意味がなければなりません。それからもう一つ乙骨氏の屍体と、他の二つの屍体の相違にも留意しなければならないでしょう。まえの場合には、いずれもちゃんと首を斬りとっているのに、乙骨氏の場合だけは首を斬りとる代わりに、顔を滅茶滅茶にするだけで止めている。どうも、この最後の場合では、真珠郎は甚だ神通力を欠いているらしく見えるのが不思議じゃありませんか。どうしてそう急に真珠郎が神通力をうしなったか、何故、直接あなたのまえに姿を現わすことが出来なかったか、何故、乙骨氏の首を斬り落とすことが出来なかったか、つまり、この謎がとければ事件は解決するのですよ」

「分かりません。私には分かりませんねえ。あなたはいったい、何を考えていられるのですか」

「分かりませんか、そうですか」

由利氏はしばらく憐れむような眼で、凝っと私の眼のなかを覗きこんでいたが、やがてほっと軽い溜め息をもらすと、

「ほんとうを言うとね、私ももう何もかもぶちまけてしまって、あなたの眼の埃をとってあげたいのですよ。しかし、現在《いま》私にはその自由が許されていないのです。もう少しです。もう少し経てば、今私の申し上げたことが全部非常に重大な意味を持っていたことが分かって来ます。今はもう、これ以上思わせぶりな物の言いかたで、あなたを混乱させることは控えましょう」

由利氏はそう言って、暗然としたようにポッツリと言葉を切ったが、急に思い出したように、

「そうそう、それよりもっと実際的な事柄で、あなたをびっくりさせることがありますよ。あなたは乙骨氏が、由美さんから譲りうけたあらゆる財産を、現金に換えていたことを御存じですか」

「え、それはほんとうですか」

私にはその事が初耳だったので、思わず呼吸を弾ませて訊きかえした。

「そうなんですよ。これはちょっと妙だと思いませんか。なるほど乙骨氏は近々満洲の方へ行くとあなたに話していたそうだから、財産をなるべく、持ち運びに便利な動産に換えようとしたのは、不思議ではないかも知れません。しかし、今は封建時代じゃないのですよ。銀行制度というものが存在する以上、そんな危険な真似をするのが、いかに馬鹿馬鹿しい事かはあなたにだってよく分かる筈ですね」

「乙骨は真珠郎を恐れていたのです。だから誰にも行き先を知られたくなかったのじゃないでしょうか」

「そうなのです。その通り。真珠郎を恐れていたかどうかは別問題として乙骨氏が人知れず高跳びをしようとしていた事はたしかですね。満洲なんて嘘っぱちだったのでしょう。ところで、その現金ですがね。おそらく数万円はあったろうと推定されるのですが、そいつを一つの鞄に入れて持っていた。ところが、乙骨氏の死後、その鞄が見当たらないのです。つまり所謂真珠郎が持ち去ったらしいのですね」

「なんですって、そいつは初耳だ、真珠郎がそんな大金を奪っていったのですって?」

「そうなんです。ところでここで考えなければならないのは、乙骨氏が現金にさえ換えていなければ、真珠郎と雖も由美さんの財産を奪うことは出来なかった筈でしょうね。不動産や証券の譲渡については、かなり面倒な手続きを必要としますからね。ところが乙骨氏が現金に換えておいたお蔭で、真珠郎の奴非常にうまいことをしたわけです。まるで乙骨氏の行動は真珠郎の利益のためにやっているように見える。実に妙じゃありませんか」

「しかし、しかし、あなたはまさか乙骨が真珠郎と共謀《ぐる》になって。……」

「私の言いたいのはそこなんです。乙骨氏が真珠郎と共謀《ぐる》になっていたということは、殆ど疑う余地がありませんね」

「あなた、それを本気で仰有るのですか」

「本気ですとも。誰が冗談なんかいうものですか。乙骨氏が真珠郎のために働いていたのはこればかりじゃありません。もう一つあなたを驚かせることがありますよ。第二の惨劇が起こったあの吉祥寺の家の洋室ですね。あの洋室の窓に非常に厳重な鉄柵がはまっていたでしょう。憶えていますか」

「憶えていますとも。あの鉄棒のおかげで、私は由美を救うことが出来なかったのですもの」

「そうです。その鉄棒ですがね。あれは乙骨氏があの家を借りるまではなかったものだそうですよ。乙骨氏があの家へ住むようになってから、用心が悪いというので、わざわざあの鉄棒をはめさせたものだそうです。これをどういうふうに考えますか」

私は急に、眼のまえがまっくらになったような気がした。ふいに大地が割れて、暗澹たる地底へのめりこんで行くような気持ちなのだ。ああ、可哀そうな由美！　そうだ、乙骨ならいかにもそれくらいのことはやりかねないのだ、あの男には血も涙もない。そのことは常にあの男自身が揚言していたところではないか。由美と結婚をして、そして由美を殺して、その財産を奪う。——私はあまりの恐ろしさに、ふいに何んとも名状することの出来ない、暗澹たる憂鬱のなかに落ちこんでしまったのである。

しかし、この時の驚きも、混乱も、私が昨日発見したあの事実に較べれば、まだまだ軽かったということが出来る。

以上のような会話があってから、間もなく私は由利氏に誘われるままに、再びN湖への旅行を決行する事になったのだ。私はよく分からなかったけれど、由利氏の言動からして、いよいよ悲劇の大詰めが近付いていることだけは漠然と感知することが出来た。そして、そこには是非とも、この私が受け持たなければならぬ一役のあることも。——

昨日私たちはKの宿屋に一泊した。そこはいつか、乙骨三四郎と共に、はじめてこの恐ろしい事件に捲き込まれるようになった旅行の際に、数日宿泊したことのある宿屋だった。

ところが、驚いたことには、この宿屋には予め私たちを待ちうけている一人の男があった。話の模様によって、私はすぐにそれが由利氏の電報によって、予めここへ呼び寄せられていたものであることを覚ることが出来た。伊那の男だというのである。見るからに正直そうな、中年のお百姓であった。私はいまここに、あんなにも私を驚かせた、この男と由利氏との応対を書きつけておこう。

「降旗三郎という男について、何かお訊ねになりたいということでございますが。……」

と、そういうその男の語りだしからして、私をドキリとさせたのである。諸君もすでに御存じであるように、降旗三郎。——その男こそ、真珠郎の父と目されている人物であるからである。

「御存じかも存じませんが、あの男はもう大分以前に、松本の刑務所で狂死してしまいましたから、死んだ男のことをかれこれというのは差しひかえましょう。そこでここでは、お訊ねになるあの男の遺族について、極く簡単にお話することに致します。降旗家というのは、上伊那でも有名な旧家で、あの男があんなに度々家出をするようになったまえには、ちゃんとした立派なお嫁さんもありました。お嫁さんの名は光子といって、夫婦のあいだには伊那子という一人の娘までございました。お訊ねになりたいのは、多分、この伊那子のことだろうと存じますが、実は、ちかごろさっぱり消息がありませんので、私もよく知らないのでございます。生きていたら、こうっと、今年二十三になるのでございましょう。はいはい、昔は極く懇意にしていたのですが、何しろ家が隣同士なもんですから。大変可愛らしい娘でした。尤もあの家のものの特徴で、何んとなく普通でなく、白痴とでも申すのでございましょうが、どこか気狂いじみた、気味の悪いようなところのある娘でした。まんざら唖でもないのですが、口数なども殆ど利かず、妙に荒々しいところのある娘で――それが五、六年まえに母親もろとも村を出奔してしまったのですが、その後、人に聞きますと諏訪の糸取り女工をしているというような話がありました。しかし、そこも間もなく止めてしまったらしく、その後はとんと消息を聞いたことがございません。果たしてまだ生きているものやら、死んでしまったのやら」

由利氏はそこまで聞くと、ふと思い出したように、その男の言葉を遮って一枚の写真を取り出した。見るとそれは間違いもなく春興楼の蔵のなかに貼ってあった、真珠郎の写真の複製なのである。

「その伊那子という娘さんは、この写真の主に似てやしないかね」

「さあ」

男は小首をかしげながら、

「もう大分経っておりますので、よく分かりませんが、そう言えばどこか似ているような気も致します。しかし、伊那子はいつもこんなふうに綺麗に身じまいをしていたことはありませんので。……それに、これは男の方のようですが。……」

「そう、しかし似ていることは似ているんだね」

「はい、あの、そう仰有ればだんだん似ているような気がして参りました。なるほど、眼もと、口もと。……あッ、たしかに伊那子のようなところもございますね」

「有難う。そう訊けばもう沢山なんだよ。いや、もう一つ、その伊那子という娘さんの体には、何か目印になるような特徴はなかったかしら。例えば痣だとか黒子《ほくろ》のような。……」

「あ、そういえば思い出しました。伊那子の左の腕に妙な痣がございましたね」

「痣――？ そして、それはどんな形をしていたかね」

「それが、ちょうどあの北海道みたいな形をしているのでございますよ。はいはい、決して間違いはございません。私たちよく、伊那ちゃんは、北海道を体に彫りつけてるってからかったことがございますのですから。……」

伊那の男はそう言って、それがどんな恐ろしい意味を持っているかも知らぬげに、何度も何度も、由利氏のまえで断言したのである。

私は急に、眼のまえがまっくらになって、何んとも名状しがたい悪寒を全身に感じたのであった。

第十六章　洞窟にて

日はしだいに高くのぼって、路傍の新緑はいよいよ鮮かさをまして来た。自動車は間もなく、見憶えのある崖のうえをとおって、しだいにNの村がちかくなって来る。この時、自動車の窓から望見した、N湖畔一帯の風景ほど、私の胸を痛ましめたものはなかったであろう。

私がこのN湖を最後に見てから、すでに一年にちかい日子《にっし》が過ぎ去っているのだが、今こうして自動車の窓から見た時、私は忽然として、過ぎ去った日の出来事を、昨日の如く瞼のうちに、鮮かに思いうかべることが出来るのである。

あの凶々《まがまが》しい春興楼の建物は、いまもなお、毀されもせずに、不吉な影を湖水のうえに落としている。われわれがはじめて由美の姿を望見した展望台も、なおそのままに残っている。私たちがつれづれのあまり、よくボートをうかべた湖畔には、あの時分と同じ小波《さざなみ》が寄せてはかえし、私たちがあの灰の降る日に、真珠郎を見た丘も、恐ろしい思い出を持つ逃げ水の淵も、そして、由美と悲しい訣別《わかれ》の言葉を交わしたあの野路の草叢も。――ああ、諸君は私がしばし、感傷詩人のように、やるせない追想に胸を迫らせたからと言って、決して嗤うことは出来ないであろう。

私たちの自動車がN村の終点に着くと、そこにお馴染みの志賀司法主任が出迎えていた。このことは予期しないではなかったが、さすがにハッと私を現実の世界に引き戻し、そして私は今更のように、自分の身に切迫している、大団円の無気味な予感をおぼえて、われにもなく戦慄したのである。

「やあ、久し振りですな。いかがですか、その後は――?」

あの別れた時の憂鬱とちがって、今日は別人のように志賀氏は元気であった。そして、そのことがまた、臆病な私の神経に、ズブリと鋭いメスを打ちこむような痛さをかんじさせるのであった。

「いや」と、私は硬張ったような微笑《わらい》をうかべながら言った。「どうもこうもありませんよ。何も彼もあなたの御存じのとおりです」

「そうですね。あなたのお名前は随分度々新聞で拝見しましたよ。東京の警察の連中が、あなたに対してとんでもない誤解を抱いているらしいことを発見した時には、私も蔭ながらかなり気を揉んだものでしたよ」

「有難うございました。お蔭様で。……」

私が軽く頭をさげるのを見ると、志賀氏は思いなしか、憐れむように、二、三度激しく瞬きをしていたようであったが、やがて由利氏のそばによると、何やら低声でヒソヒソと打ち合わせをはじめた。

私はわざとその人たちから離れると、なるべくその会話を聴かないように努めていたが、それでも大たい次のような意味の言葉だけを、聴くともなしに聴くことが出来たのである。

「そうですか。それじゃまだいるのですね。大丈夫ですか。向こうではこちらのそういう気配に感づいているようなことはありますまいね」

と、これは由利氏だった。

「大丈夫ですよ。少しもそんなふうは見えませんよ。どうもね、今年はいつもよりやって来るのが早いので、私も少々おかしいと思っていたのですよ。そこへあなたのお手紙でしょう。それでひそかに注意してみたのですが、やっぱりあなたの仰有るとおりでした。いや、実に驚きましたね。私もかなり長いあいだ警察生活をしていますが、こんなのははじめてです。全く驚きいった大事件ですね」

志賀氏の声が少なからず興奮にふるえているのを、私は気がついた。むろん私には彼等の言葉の意味がわかる筈はない。しかし、ある漠然とした危惧――自分ではそれと指摘することは出来ないが、それでいて、ある痛切な、身を切るような恐ろしさが、私の心を脅《おびや》かすのである。二人の会話は、それからしばらく聴こえなくなったが、やがてまた志賀氏の声で、

「それで――？　これからすぐに決行することにしますか」

「一か八か、やって見ようと思うのですがどうでしょう。早ければ早いほどいいと思うのです。われわれがここへ来ていることを知られてしまっちゃ、それこそ万事おしまいですからね。それに椎名君をあまり長く焦らせておくのも気の毒ですから」

「そうですか。それじゃ思いきってやっつけましょう」

志賀氏の声が、武者ぶるいでもするように、興奮にふるえているのが、私にもよくわかるのである。私たちはその時すでに、乗り合いの終点をはなれて、湖水のほうへ歩きだしていた。疎《まば》らな軒の向こうに、湖の水が的皪《てきれき》として光っていて、わかさぎでも漁《あさ》るらしい舟が、二つ三つ浮いているのが見える。この静かな、物憂いような風景のなかに、あの兇暴な事件の解答がかくされているのかと思うと、私は何んともいえないような恐

ろしい気がして、しばらくは、われにもなく全身のふるえがとまらなかったくらいである。

「椎名君にも一応、われわれがこれから演《や》ろうとする冒険の目的をお話しておかねばなるまいと思うがね」

由利氏が私のそばへやって来て囁いた。

「われわれはこれから、あの不思議な老婆の小屋を襲おうと思うんだよ。ほら、真珠郎のお袋であるかも知れないと思われているあの老婆の小屋さ」

「ほほう、するとあの老婆に何か怪しむべき節があるのですか。あの婆さんなら、去年も志賀さんによって十分取り調べられた筈ですが」

「そうなんだ。つまり一応取り調べずみだというところに、非常に重大な意味があるんだよ。この点に関して、われわれは君の観察に負うところ莫大なものがある。いつか君はこんなことを言ったことがあるね。いつか君たちが、はじめてこの土地へ来る乗り合いの中で出会った老婆――そいつは真珠郎でもなく、また、毎年この土地へ現われる真実の老婆でもない――と、そう言ったろう。君のこの素晴らしい観察の中にこそ、この事件のすべての鍵がかくされていたんだよ。いったい、君たちがバスの中で会った老婆、そいつはどこに消えてしまったのだろう、いやいや、それよりも、そいつはいったい何者だったろう。――つまり、われわれは今、その老婆の正体を発見しにいこうというわけなのだ」

「すると、そいつの居所がわかったと仰有るんですか」

「そう、分かったんだよ、毎年、ほんものの老婆がやって来る小屋のなかへ、近頃また、飄然として現われたのだ」

「なんですって！」

私は思わずうしろによろめきながら、

「だって、あなたはまだ、その老婆を御覧になったわけじゃないのでしょう。だのに、それがどうして、バスの中の老婆だということが分かりますか。そいつはやっぱり、ほんものの老婆かも知れないじゃありませんか」

「いや、それがね、ほんものの老婆であり得ないという証拠を、私はちゃんと握っているんだよ。私はね、君のあの話を聞いた瞬間から、いつかバスの中の老婆がここへ再び現われるだろうという確信を持っていた。何故といってね、ほんものの老婆は、去年志賀氏の手によって厳重に調べられている。もはや誰もあの老婆を疑う者はいないわけだ。つまりあの老婆は一種の免疫体になっているわけなんだね。だからバスの中の老婆にとっては――そいつが誰であったにせよ――もう一度あの老婆になりすましているということは、一番安全な隠れ場所を得ることになるのだからね」

「しかし、それには同時に、非常に危険が伴うことも覚悟しなければなりませんよ」

私は何故か出来るだけ由利氏の言葉を信じたくなかったのである。そこで鋭く反駁して見たのだ。

「何故といって、ほんものの老婆がいつ何時《なんどき》やって来るかも知れないじゃありませんか」

由利氏は微笑を口辺にうかべると、

「しかし、その心配のないことをあいつはちゃんと心得ているんだ。何故ならね、ほんものの老婆は、もはやこの世に生きてはいないのだから」

「なんですって、ほんものの老婆——去年志賀氏に捕《とら》えられたあの女は、もう生きてはいないんですって？」

「そうだ、殺されたんだよ、人知れず。私はそのことも予期していたんだ。それで、昨年の暮れ頃に、この辺で殺害された正体不明の老婆の屍体はないかと、各警察へ照会してみたところが、去年の暮れに山梨県と長野県の境に、そういう屍体を発見したことがあるというのだ。屍体は発見された当時、既に腐爛していて、人相なども全くわからなくなっていたそうだが、その報告をうけると、私はすぐ志賀君と一緒に赴いて、その正体不明の変死人の遺留品などを見せて貰った。そして志賀氏の説によると、それは明らかに、あの老婆のものだというんだよ」

私はもはや答える言葉がなくなった。由利氏は私が今迄考えていたより、遥かに重要な切り札を握っていたのだ。犯人は最早完全に網のなかへ入ってしまっている。その網が引きしぼられて、獲物に手が触れたとき——ああ私は突然、眼がくらみそうな気がした。

私たちはやがて疎らな村を迂廻して、目指す湖畔へと近寄っていった。そこは春興楼とは大分離れた、湖水のいわば反対の側で、そこに突き出した小さい岬の柳の木の下に、目指す老婆の小屋がチンマリと建っているのである。

私はそれを見ると、思わず咽喉の奥に大きな塊が出来たような気がした。小屋の半丁ほど手前まで来たときである、志賀氏はふいにわれわれを止めると、

「ちょっと待って下さい。ひと足先に行って偵察して来ましょう」

と、我々を小蔭に待たせておいて、一人要心ぶかくその小屋へ近付いていった。が、ちょっと小屋のなかを覗くと、すぐこちらを向いて私たちを手招ぎした。

「今ちょうどいないようです。どうしますか。ここで待ちうけていますか」

「ふむ、それは却って好都合だ。一つなかへ入って、あいつが帰って来るまで例のものを捜して見ようじゃないか」

われわれは由利氏を先頭に立てて中へ入った。ちょうど八畳敷きくらいの、むろん見るかげもない掘立て小屋ではあったが、中は思ったよりも整頓しているのである。土間から少しあがった床のうえには、鍋、釜などの炊事道具もひととおり揃っているし、粗末ながらも夜具の類もある。窓のうえにある口の欠けたガラス瓶に、白菊の花が一輪挿してあるのが、強く私の眼をひいた。

由利氏はこの様子を見ると満足したように、軽く口笛を吹いたが、

「外から見えやしないだろうね。あいつに覗かれたら大変だ」

「大丈夫です。そこの戸をしめておけば分かる気づかいはありません。探して見ますか」

「よし、探そう、椎名君、君はそこの窓のところに立っていて、あいつが帰って来たら、すぐ報らせてくれたまえ。いいかい、忘れちゃいけないよ」

何を探そうというのか、由利氏と志賀氏とは、それから狭い部屋のなかをゴソゴソと這い廻りはじめた。私は言われたように、横のほうについている窓のそばに佇んで、一心に外を覗いていたのである。そこは前にも言ったように、岬のように突出したその突端なので、窓から覗くと、濃い藍色の水の向こうに青々と枝を垂れた柳の並み木が見え、その柳の下に、白い道と打ちよせる水とが嚙みあっているのが見えるのである。外から帰って来ると、いやでも、その道を通って来なければならないわけであった。

由利氏と志賀司法主任はしばらく、夜具を引っ繰り返したり、ささくれた畳を持ちあげたりして、捜しまわっていたが、そのうちに、由利氏が、

「あった、あった！」

と、叫ぶ声が聞こえたので、ふと振り返って見ると、半身泥だらけになった由利氏が、床下から土にまみれた大きな鞄を取り出すところであった。

「案外、簡単なところへ隠したものだね。これで見ると奴さんこの隠れ場所について、全く安心しきっているると見える」

「鞄の鍵はありますか」

「ふむ、ここにブラ下っている。一つ開いて見よう」

パチッ！

と音がして、鞄が開かれた。

そのとたん、私はぎょっとして息を呑みこんだのである。ああ、そこには夥しい緑色の紙幣が、しっとりと湿り気を帯びて、いっぱいに詰まっていたのである。真珠郎に奪われたと信じられている、乙骨の――いや、由美の財産なのだ！

予期していたこととはいえ、さすがの由利氏も、この瞬間、さすがに興奮したと見え、両手がわなわなとふるえ、額には一杯汗が浮いているのが見えた。

「もう疑うところはありませんね」

「ふむ、間違いない」

と、由利氏は呻くようにいったが、ぼんやりとそこに突っ立っている私を見ると、びっくりしたように、

「椎名君、駄目じゃないか。外を見ていなけりゃ」

そう言われて、あわてて外をふりかえった途端、私は思わず小さい声を立てた。

「来た！」

「来た？」

手早く鞄をしめた由利氏は、ハッとしたように志賀氏と一緒に床に身を伏せる。ああ、その時、私の眼前、十間とはなれないところに、見覚えのある老婆の姿が現われたので

ある。あのボロボロの着物に、火をつけたらそのまま、めらめらと炎えあがってしまいそうな蓬髪、赤茶けた顔、鋭い眼差し。――それはあきらかに真珠郎でもなければ、またいつか村人に引き立てられて来た、あのほんものの老婆でもなかった。あの日、峠の乗り合いのなかで、私たちに無気味な予言をあたえた、疑問の老婆その人なのだ。

老婆は両手にいっぱい白い花をかかえて、よろよろと湖水に沿って歩いてくる。青い柳の枝を潜りながら、一歩一歩、彼女はこの小屋にちかづいて来るのだ。私の背後では、由利氏や志賀司法主任の激しい息づかいが聞こえている。

老婆は間もなく、岬のとっさきまでやって来た。相隔たること三間――つぎの瞬間、彼女の手は小屋の入り口にかかったであろう。

だが。――

その瞬間、私は彼女が誰であるかを知ったのだ。ああ、それは今迄、全然気がつかないことではなかった。私と雖も馬鹿ではない。由利氏の示してくれた数々の証拠が、何を示しているかは、漠然として気がついていたのである。しかし、私はそれを信じたくなかった。そんなことが――そんな恐ろしいことが――と、この瞬間まで打ち消し、打ち消して来たその恐ろしい現実の正体を、いま私はまざまざと眼のまえに見せつけられたのだ。

その瞬間、私は気が狂ってしまったのにちがいない。

「逃げろ！」

私はいきなり窓から首をつき出して叫んだ。

「逃げなさい！　警官が待っている！」

その刹那の、彼女の表情を私は生涯忘れることは出来ないであろう。一瞬間彼女は湖水のふちで棒立ちになった。胸にかかえていた花がバラバラと足下に落ちて、大きく瞠った円《つぶら》な眼が、私の眼としっかり喰いあった。

「椎名さん！」

彼女は叫んだ。それからくるりと身をひるがえすと、一散にもと来た道を逃げだしたのである。

「椎名君！　君は。――」

私はいやという程、拳固で肩を殴られた。それから、小屋をとび出した由利氏と司法主任の志賀氏が、一目散に彼女のあとを追っていくのを見た。

しばらく私は呆然としてそこに立ちすくんでいたが、やがてよろけるようにして、私もその後から小屋を出ていった。そしてどういうつもりであったか、自分でもわからなかったけれど、行きがけに、今彼女が投げすてて行った花の中から二、三輪拾いとっていった。

眼をあげて見ると、今しも彼女はボートを湖水の中へ漕ぎ出したところであった。そしてその後から、由利氏と、志賀司法主任の二人が、同じようにボートをおろそうとしているのが見えた。

日がくるくると空にくるめいて、彼女の握っているオールの先に跳ねる水が、飴のようにねっとりと光っているのが見える。私はすぐに彼女がどこを目指しているかを覚ったので、大急ぎでボートの乗り場へかけつけると、由利氏たちの後《あと》から、一艘のボートに乗りうつった。

静かな湖水の表面を掻き乱して、三艘のボートが喘ぐように進んでいく。先頭のボートはしだいにあの恐ろしい逃げ水の淵へと近付いてゆくのである。しかし、そこには男と女の力の相違があった。間もなく先頭のボートと由利氏たちのボートのあいだが、しだいに接近していくのを見ると、私はなんともいえぬほどの恐ろしさをかんじた。

私はその時、全く理性を失ってしまっていたのだ。私は滅茶苦茶にオールを操って、二番目のボートへと突進していった。波の沫《しぶき》が雨のように降りかかって、湖水を囲む山々が、どっとばかりに私のほうへ倒れて来るのをかんじた。

「椎名君！　何をする、危ない！」

由利氏は私の心持ちを推察したのにちがいない。突然、オールから手をはなすと、こちらに向かって絶叫したが、その瞬間、ドシンとこちらのボートの舳が、向こうの横腹にぶつかったから耐らない。ゆらゆらと揺めくボートの中から、あおりを喰らった由利氏と志賀司法主任の二人は、もんどり打って湖水のなかへ落ちていった。

後になって由利氏が言ったところによると、その時の私の形相は、全く悪鬼よりも物凄かったということである。

「あの際、我々が泳ぎを知っていたからいいようなものの、そうでなかったら君は殺人罪に問われるところだったのだぜ」

由利氏は冷やかにそう言ったものである。

それはさておき、眼をあげて見れば、先頭のボートはその時恰《あたか》も、逃げ水の淵へ潜りこもうとしているところであった。ボートの姿はすぐ洞窟のなかへ呑み込まれてしまった。数秒の後には、私も同じ洞窟の中にいた。

「由美さん！　由美さん！」

私ははじめて、その暗闇のなかで彼女の名を呼んだ。答えはなくて、私の少し前方にあたって、ピッチャ、ピッチャと激しく水を掻き廻すオールの音が聞こえるばかり。洞窟の中は肌を刺すように冷たかった。

「由美さん！　由美さん」

私は再び叫んだ。

「話がある。一語《ひとこと》でいいから聞きたいことがある」

しかし、返事は依然としてなかった。

「由美さん！　由美さん！」

私は三度叫んだ。だが、そのとたん、先に立ったボートがめりめりと土の中に喰いこむような音がした。例の浮き洲へ乗りあげたらしいのだ。それに力を得た私は、いよいよ力をこめてオールを操っていった。

「来ちゃいけません。椎名さん、来ちゃいけません」

　ふいに、暗闇の奥から聴きおぼえのある由美の声が、冷たい風と共に、吹きつけて来た。

「あたしは悪い女です。あたしは人殺しです。私の手は殺人の血で真っ赤に塗られてい

るのです。側へ来ちゃいけません」

「いいや、行きます。僕も行きます」

「あ、危ない！」

　ふいにボートが泥の中に喰いこんで、あやうく、水の中へ投げ出されようとした私の

体を、やにわに、柔かい体がまえから抱きすくめた。

「由美さん、由美さんですね」

　私はふるえる手で、由美の手を探りあてた。その手は氷のように冷たかった。それか

ら私たちは暫く、手を握りあったまま無言でそこに立ちすくんでいた。由美の体が、湖

水を刻む縮緬皺《ちりめんじわ》のように激しくふるえているのが私によくわかった。

「由美さん、たった一語《ひとこと》、僕は聴きたいことがあったのです」

　由美は黙っている。かすかに身動きをするのが私にも感じられた。

「由美さん、答えたくなければ答えなくてもいいのです。しかし、僕は訊かずにいられ

ない。僕はあなたを愛していた。ああ、どんなにふかくあなたを愛していたろう。今で

も。――今でもその気持ちに変わりはない。そして、そして、私はあなたも僕を愛して

くれたことだとばかり思っていた。しかし、あれは嘘だったのですか。私を馬鹿にするために――私を盲目にするための愛の擬装に過ぎなかったのですか」

由美はすぐには答えなかった。私に握られた手が、私の掌《て》のなかで激しくふるえるばかりだった。だが、そのうちに、ふと私の手の甲に落ちて来た熱い涙が、やけつくように私の全身に浸みわたった。由美は声をのんで泣き出したのである。

「椎名さん！」

しばらくしてから、彼女が途切れ途切れに言い出した。

「椎名さん、いつか私が、母の遺品《かたみ》だといってあなたに差し上げた、古い雛人形をおぼえていらして？」

「おぼえています」

私は静かに答えた。私はつい書いておくのを忘れたのだが、あの第二の事件が起こる少しまえに、由美は私のもとを訪れて、その古い雛人形をおいていったのである。

「今度、東京へお帰りになったら、あの雛人形の体のなかを調べて下さい。その中に、私の気持ちをよく書きとめた告白書――そう、恐ろしい告白書が入っておりますから」

私は黙っていた。由美も黙っていた。

「椎名さん、私はさっき湖水のうえで毒を嚥みましたの。私は間もなく死ぬでしょう。だから、もうどんな恥ずかしいことでも言えますわ。椎名さん！　私はあなたを愛していた。あああ、どんなに深くあなたを愛していたでしょう」

私はやにわに由美の体を抱きよせようとした。しかし、由美はそれを拒みながら、

「待って！　しばらく待って。あたしの体が冷え切ってしまうまで、私の心臓がとまってしまうまで待って、生きている間の私は恐ろしい殺人鬼です。でも死んでしまえば、私の罪もいくらか拭われるでしょう。その時には私の唇に接吻して。——私の体をそのボートに入れて、洞窟の奥へ流して頂戴。私誰にもこんな恥ずかしい体を見られたくないの」

「分かったよ。由美、君の言うとおりしてあげよう。そしてたとい焙烙《ほうろく》の刑にあおうとも、あの老婆が誰であったか言いますまい。あの人たちも、あなたの屍骸さえ見つからなければ、他になんの証拠も持っていないのです」

そして私は、今日が日までその約束を守って来た。

「有難う。私、うれしいわ」

それきり私たちは口を利かなかった。間もなく由美の体には、徐々に、しかし確実に薬の効力が現われはじめた。私の胸の中で、彼女の体が激しく痙攣しはじめた。しかし、それもしばらく、やがて彼女の呼吸はしだいに間遠になっていった。

「さようなら、椎名さん」

呟くようにいって、由美はがっくりとなった。

その冷たくなった唇に、私は自分の唇を重ねると、それから約束どおり彼女の体をボートに乗せ、ふと思いついてさっき拾って来た花を、彼女の胸にのっけてやると、着て

いる襤褸《ぼろ》を引きちぎって、それに火をつけ、ボートの中に入れて一緒に洞窟の奥へ流してやった。

襤褸の炎えるかすかな火は、しばらく渦に巻かれて、そのへんにたゆとうていたが、やがて、吸いこまれるように、洞窟の奥の、地底の滝のほうへ流れていった。

第十七章　告　白

椎名耕助様。

いつかはこの恐ろしい手紙が、あなたの眼に触れる折りのあることを信じて、わたしは今これを認めます。何故このような、危険な手紙を記そうとするのか、わたしは自分でもわかりません。そしてそのわからない気持ちに、わたしは非常な怖れを感じます。しかし、わたしはやっぱり、これを記さずにはいられないでしょう。

椎名耕助様。

わたしはあなたと相い識ったことを、つくづく自分のために悲しみます。もしあなたという人さえなかったら、そしてあの最初の恐ろしい惨劇の日、洞窟の中であなたの熱い接吻《くちづけ》さえ受けなかったら、わたしは今こんな恐ろしい後悔に胸を咬まれることもなく、従ってまたこんな手紙も書かずに済むことが出来たでしょう。ああ、救いようのない、この暗澹たる悲哀《かなしみ》、荒涼たる無明の闇の恐ろしさ。日毎夜毎、蠍《さそり》のように胸を咬む悔恨に、流す涙をいったい誰が知るでしょう。

椎名耕助様。

わたしはわるい女でした。今更そのことについて、わたしは弁解がましいことを申し上げようとは思いません。しかし、唯一つのことは信じて下さい。わたしがあなたに捧げたあの恋情が、決して偽りではなかったということを。……ああ、あなたがもう少し早くわたしの眼のまえに現われていて下すったら！　そうすればあんな恐ろしい事件も起こらず、そしてまたわたしも、こんな暗澹たる後悔に、どうしようもない涙を流すこともなかったでしょうに。しかし、それは何度言っても返らぬ繰り言でございましょう。石はすでに顚落したのです。そして、一度顚落したが最後、いきつくところまで転がっていかねば止まないでしょう。そして、やがてはこのわたしも、その大石に押し潰されて、はかない終わりを見せることでしょう。しかし、わたしは誰を怨むことも出来ない。その石を押したのは実に、かくいうわたしなんですもの。――ああ、自分で転がした石に、自ら押し潰されようとするわたし。

しかし、わたしはもう徒らに歎くことは止めましょう。あなたの同情を強要することもひかえましょう。わたしはその価値のない女なのです。わたしは出来るだけ平静に、いままで起こったことと、そしてこれから起ころうとすることの真相をあなたにお話しておきましょう。そうすることがせめてもの、わたしにとっては慰めなのです。この恐ろしい懺悔の筆を執っている間だけでも、悔恨の涙から遁がれることが出来るのです。

わたしが、あのN湖畔の淋しい春興楼に引きとられるようになったのは、昭和──年の春のことでした。それ以来、三年あまりの孤独な忌わしい生活は、わたしの性情をすっかり覆えしてしまいました。あの恐ろしい伯父と二人きりで、人里離れた一軒家に暮らすということが、どんなに忌わしいものであったか、あなたにはとても想像することが出来ないでしょう。伯父は蛇のような男でした。そして、わたしはその蛇の吐く毒気に全く当てられてしまったのです。

あらゆる誇りも、希望も滅茶滅茶にされてしまった、傷ついた小鳥──それがわたしでした。絶望的な、洞《うつ》ろな心を抱いて、わたしはどのように伯父を憎み伯父を詛《のろ》ったことでしょう。そして、その詛いが成長して、しだいにわたしは一個の完全な、第二の『真珠郎』に成長していったのです。

真珠郎といえば、わたしがあの家に引きとられた頃はまだ生きておりました。しかし、その頃にはすでに当年の意気はなく、病いに窶れ果てた半死半生の体を蔵の中に横たえていました。そして、わたしが引きとられてから、半年ほどの後に、この可哀そうな男は、薄暗い蔵の中ではかなく死んでしまいました。

ある秋雨《しぐれ》のそぼ降る暗い真夜中のことでした。わたしたちはひそかに真珠郎の体を、湖畔に埋めてやりましたが、そこに柳の若木を植える時の伯父ほど、激しい憤怒と絶望に呻いた人間を、わたしは今迄一度も見たことがありません。無理もないのです。伯父の半生を賭けたあの忌わしい仕事──社会に人間バチルスを送るというその恐ろしい復讐が、その瞬間、空しい夢に帰してしまったのですもの。

その当時、わたしは今ほど悪い女ではありませんでした。わたしはこの傷心した伯父を出来るだけ優しく慰め、そしてこの機会に、伯父の魂に人間らしい優しさを取り戻してあげるのが、自分の任務だと決心したのです。ああ、わたしは何んという愚かな女だったでしょう。その時すでに、伯父はわたしを第二の真珠郎に育てあげようと決心していたのですもの。

伯父の計画は見事に成功しました。ある恐ろしい、兇暴な嵐の一夜を境として、わたしは忽然として今迄の自分ではなくなりました。わたしは負けたのです。そして、傷ついた、絶望的な体を蔵の中に横たえて、嘗て真珠郎にあたえられた、様々な悪の教科書を読み耽《ふけ》るようになりました。

伯父を殺そう！――そういう恐ろしい決心が、しだいにわたしの胸中に芽生えて来たのは、多分その頃のことであったでしょう。むろん、はじめのうち、それは単なる空想にすぎませんでした。しかし、その空想は、日を経《ふ》るにしたがって、しだいに根強くわたしの胸中に蔓《はびこ》っていき、そして、偶然、真珠郎の異母妹《いとこ》、伊那子を発見するに及んで、忽然としてその空想は、実際的な計画にまで発展していったのです。

この後、あなたは何かの機会に、この伊那子について知ることがあるかも知れません。伊那子は真珠郎の実父降旗三郎と、その妻のあいだに産まれた女で、わたしがはじめて彼女を発見したときには、伊那子は諏訪の製糸工場の女工をしていました。彼女もまた、降旗一家の血統をひいた人間の例に洩れず、殆ど白痴にちかい女でした。はじめて見た時、彼女は髪を蓬々と乱し、垢じみた顔のどこにも美貌の片鱗さえ見られず、したがって、彼女の周囲にいる人々でさえ伊那子がほんとうは、非常に美しい女であるとは、誰一人気がついていない様子でした。そしてそのことがわたしの計画には非常に役立ったのです。わたしは彼女を見るとすぐに、彼女の真実の姿を透視し、そして、さすがに争われないもので、どこやらに真珠郎の面影に似たところがあるのを発見しました。そうだ。この女を真珠郎に仕立てたら。――真珠郎という人物が生きていたということは、世間ではたった一人の人間のほか誰一人知っている者はありません。しかし、真珠郎という人間が死んだということは、それ以上、世間に知られていないのです。真珠郎の生きていたということを証明するのは困難ではありません。しかし、その死を証明することは絶対に出来ないのです。少なくとも伯父とわたしが言わない限りは。

ああ、この発見はどんなにわたしを有頂天にしたでしょう。しかし、よくよく考えて見ると、そこにまだ一つの重大な楔《くさび》の欠けていることに気がつきました。伊那子という女を、どうしてこの恐ろしい計画に加担させることが出来るだろう。たとい加担させることが出来るとしても、さてその後で、どうしてこの女を黙らせておくことが出来るだろう。

蔵の中で読み耽ったいろいろな書物によって、わたしは犯罪事件の場合に、共犯者を持つということが、どんなに危険なものであるかを知っていました。共犯者が多ければ多いほど、発覚の危険率の倍加することを、あらゆる犯罪書が示しています。しかし、わたしは伊那子を味方に引き入れねばならない。どういう手段で、何を餌に。——と、ここまで考えて来た時、わたしはふとこんなことに考えつきました。これは伊那子もわたしも、共に女であるからいけないのだ。どちらかが男で、そして二人が愛し合うようになったら？　そうすれば彼女を味方にすることも簡単であったでしょうし、犯罪のあとで沈黙を守らせることも困難ではない。愛する者のために、苦痛を忍ぶということは、他の——例えば、金銭の場合よりは容易であろう。——

わたしは自分が男でなかったことをどんなに悔んだでしょう。男。——男。——伊那子の愛をかち得ることの出来る男。——それがわたしにとっては必要なのです。そう考えているうちに、わたしはふと、その男なるものが必ずしも自分自身でなくてもいいということに気がついて来ました。ここに、わたしの計画に加担する男があって、その男が伊那子の心を占領することが出来たら。——

わたしが乙骨三四郎に会ったのはちょうどその頃のことでした。そしてこの男に会ったことが、わたしの運命を決定してしまったのです。どこで、どのようにして、あの男に会ったか、それはここでは申し上げますまい。ただひと眼見て、わたしが心の中で、この男だ、と叫んだことを告白しておきましょう。

乙骨三四郎は恐ろしい男でした。彼は即座にわたしの計画に賛成したばかりか、わたしの思い至らなかった、いろいろな点をも付け加えることが出来たのです。例えば伯父を殺したあとの伊那子の処分。そして更にその後におけるわたしたち自身の身の振りかた。

「兎に角、伊那子はやっぱり生かしておくわけには参りませんよ。危険ですからね、鵜藤氏を片付けたあとは、その伊那子という女も殺っつけてしまわねばなりません」

乙骨は恐ろしい顔をして、そう言いましたが、しかし、その頃には、まだわたしたちもどういう風にして伊那子を殺すかというところまでは考えてなかったのです。そして、その方法を思いつかせたのは、実に、椎名さん、あなた御自身だったのですよ。

いつかあなたが、九段の坂のうえで見た、血の垂れるヨカナーンの首。——それが乙骨にあの恐ろしい計画を思いつかせました。あの時乙骨は、あなたの口から、恐ろしい雲の話をきいた時、心中を見透かされたような恐怖をかんじたそうですが、それと同時に、はたとばかりに、今まで思い悩んでいた最後の鍵《キイ》に思いついたのです。伊那子を殺して、その首をとる。そして、それをわたしだと思わせる。——これには二つの利益がある。それは伊那子を人知れず片付けることが出来ると同時に、わたし自身が死んだものになり得るということです。死んだ者になる、それほど安全な逃避策がほかにあるでしょうか。この計画から、思いついて、わたしたちは、伯父の場合にも、首をチョン切っておくことにしました。それは単に第二の事件をカモフラージするために過ぎませんでしたが、しかも都合のいいことには、真珠郎は子供の時から、生物を殺して首をチョン切るという嗜好があるのです。

椎名耕助様。

　このように恐ろしいお話をするわたしを、あなたはどんなに驚かれるでしょう。しかし、わたしはやっぱり終わりまでお話しなければなりません。あなたはきっと、われわれのこういう計画をお聞きになって、殺人ということをまるで寄せ算か引き算のように簡単に考えているわれわれをさぞ不思議にお思いになるでしょう。そうなのです。そして、それがわたしの失敗の第一歩でした、わたしたちは人間の心理的な変化を勘定に入れていませんでした。しかも、その最も恐るべき心理的動揺が、ほかの人たちに訪れずに、かくいうわたしのうえに起こったというのは何んという皮肉なことでしょう。

　われわれの計画には、どうしても、もう一人目撃者が必要でした。その人の証言なら、どんなに疑いぶかい警官でも納得せずにはいられないような、そういう確固たる地位と同時に、われわれの計画を見透かすことの出来ないような、善良な性質を持った人物を必要としたのです。そして椎名さん、その白羽の矢があなたに当たったのです。この点乙骨があなたを選んだのは、決して間違ってはいませんでした。あなたは実に理想的な方でした。いやいや、あなたがあまり理想的な人物であったがために、却ってわたしたちは負けてしまったのです。ああ、乙骨がもっと他の人を撰んでいてくれたら。――

　椎名耕助様。

　これ以上、この恐ろしい物語をくどくどと続けるのは止しましょう。わたしはいま恐ろしい心の嵐と戦っています。あなたも御覧になったように、わたしたちの第一の計画は殆ど完全に遂行されました。しかし、第二段の計画を実行に移すにいたって、わたしは絶望的なものを感じます。わたしはもう死んだ者になりたくない。死んだ人間になれば、二度とあなたにお眼にかかれなくなるのですもの。乙骨はこういうわたしの動揺が、何に原因しているかすぐ覚りました。そして嫉妬に狂った彼は今最後の切り札をもって、わたしに迫って来ます。もしこの計画に同意しなければ、椎名さん、あなたを殺してしまうというのです。

椎名耕助様。

さようなら。わたしはもう筆を擱《お》きます。わたしは今気が狂いそうです。わたしは乙骨を憎みます。自分を憎みます。伊那子を憎みます。真珠郎を憎みます。わけても乙骨を憎みます。乙骨の主張どおり、わたしは死んだものになります。しかし、その代わり乙骨をも生かしてはおかないつもりです。

乙骨はもう一度わたしと一緒になるためには、どうしてもどこか遠い土地へ行かねばなりません。その口実として、真珠郎の脅迫というお芝居が持ち出されます。真珠郎に追われて、逃げ出すということになりましょう。それがわたしにとっては乗ずることの出来る唯一の機会なのです。わたしが真珠郎になってあの男を殺してしまうというお芝居が何故いけないのでしょう。

ああ、恐ろしい。ひょっとするとわたしは、事件の最初から、このことを考えていたのかも知れません。でなければ、何故、あの不思議な老婆になって見て、あなた達に見破られるかどうかを試して見たり、更に乙骨に、あの老婆まで殺させたりしましょう。ああ、恐ろしい。椎名様。わたしはきっと気狂いなのです。そうです。わたしはもう数年来、気が狂っているのに違いありません。ああ、可哀そうな由美！

孔雀屛風

戦地からの手紙

この不思議な物語をお話するにあたって、私はどのように記述していったらよいのか、尠からず迷わざるを得ない。これは一種の探偵譚のようにも見える。しかし、探偵譚としては、およそ風変わりである。なにしろ事件の発端というのが、百数十年の昔、遠く文化の時代に遡っているのだから。これはまた西洋の小説によくある、宝探し物語のひとつなのかも知れない。

どちらにしてもこれは奇妙な話だ。そこにはわれわれの持っている知識では、解きされぬ謎があるように見える。

しかし私はこの奇蹟的な事件の当事者が、現在私とともに生きている以上、私は他人が信じようと信じまいと、只自分の経験をありのままにお話していくよりほかないようである。

さて、事の起こりというのは私の従弟から来た手紙である。

私の従弟、久我《くが》与一は、いま大君の御楯となって中支戦線で戦っている。与一と私とは母方同士の従兄弟で、与一は私より八つ年少なのだから、今年二十五になる筈だ。与一は早く父を失い、事変が起こるころまでは母ひとり子ひとりの平和な暮らしを送っていたうえに、まだ独身だったから、彼がお召しに応じて出征したあとには、私の叔母にあたる与一の母が唯ひとり残されたわけだ。幸い、久我の家は私の家などと違って、ずいぶん裕福なほうだから、一人息子を戦地へ送ったからといって、生活《くらし》に困窮するようなことはなかったが、しかし、何んといっても年老いた女ひとりだ。淋しくもあり、心細くもあるだろうというので、与一の頼みもあり、かたがた私たち夫婦が、与一の留守宅に同居することになったのである。

そういう私のところへ、ある日、戦線にいる与一から奇妙な手紙が来た。もっとも与一の手紙は珍しいことではない。叔母の頼みもあることとて、私のほうでも出来るだけ頻繁に手紙を書くことにしているし、与一のほうでも几帳面な青年だから、何くれとなく戦地の模様や、現在の健康状態などを、なるべく母を安心させるような調子で報らせてよこす。それはいつも、いかにも軍人らしい、元気な、礼儀正しいものであったが、その日受け取った手紙に限って、おやとばかりに、私に首をかしげさせるようなものがあった。第一その手紙の中には、不思議な写真がいちまい同封してあった。それに分量からいっても、不断の手紙の十倍ぐらいもあった。それもその筈、そこにはお極まりの近況報告のあとに、次のような奇妙な依頼がつけ加えてあったのである。その部分だけをここへ書き抜いてお眼にかけよう。

――慎吾兄。さて君はこの手紙に同封した一葉の美人写真について、さきほどより尠からず疑問を感じていられた事だろう。見らるる如く、これは十月号の雑誌○○○の口絵から切り抜いたものである。僕はこの雑誌を、未知の人より送られた慰問袋の中から発見したのだが、計らずもこの口絵に眼がとまると、直ちにこれを切り抜く気になった。この写真のかなり痛んでいることよりしても、僕がいかに大切に、これを肌身離さず持っていたか、お察しを乞う。そうだ、僕は一昨日《おととい》まで従事していた匪賊討伐戦の間中、これを肌につけていた。戦線に立っているわれわれが、いかに日本婦人の写真に憬れを持つか、それは君などの想像をはるかに超えるものがあるだろう。これは一種の気付け薬だ。また、清涼剤だ。

――しかし慎吾兄。僕がこの口絵を切り抜いて、かくも大切に身につけていたというのは、ただそれだけの理由ではない。僕はこの写真を見た刹那、一種異様な衝動を感じた。恰も強い電流を、頭のてっぺんから足の裏まで通されたような戦慄を感じた。慎吾兄よ。僕はこの婦人を知っているのだ。そうだ、僕はたしかに彼女を知っている。

――だが、こういったからといって、僕がこの婦人と懇意だったというわけではない。いやいや、僕はいままで一度も彼女に会ったこともなければ、彼女の写真を見たわけでもない。ましてやこの口絵についている説明で知るまでは、ついぞ、そういう名前すら知らなかった。しかし、それにも拘らず僕はたしかにこの婦人を知っているのだ。

――慎吾兄よ。暫く僕の奇妙な打ち明け話に耳をかしてくれたまえ。これは今迄、誰にも――母にさえも打ち明けたことのない僕の秘密だが、幼少の頃から、僕は瞼を閉じると、必ずありありと瞼花《けんか》となって現われる、不思議な面影を持っている。しかもその面影たるや、僕の記憶する限り、いままで一度も会ったことのない婦人のように思われる。第一そういう幻が何んによって齎《もた》らされたのか、それすら僕は思い出すことが出来ない。つまり、彼女は、僕にとっては全く未知未見の女なのだ。それでいて、彼女の幻は実にしばしば僕を訪れる。長ずるに及んで僕は、その幻の女に対して、深い関心を持つようになった。摑まえどころのないその幻に対して、名状することの出来ない焦燥を感ずるようにさえなった。いつの日にか、その幻の女にめぐりぞ遭わん、そう決心するにさえいたった。しかも、僕はその女を知らない。いや、そういう女が果たしてこの世に存在するものか否かさえ不明なのだ。

――ところが、いま計らずもこの口絵写真を見て、僕は忽然として、幻の秘密を解くことが出来たのだ。瞼花となって現われるあの幻が、何に由来するか、僕は翻然として覚ることが出来たのだ。慎吾兄よ、この写真をよく見てくれたまえ。この女は咲き乱れた桜花の下に立っている。足下には、白孔雀が誇らしげに尾をひろげている。彼女の左手は軽く胸にあてられ、右手はしなやかに伸びている。その手は写真《ポーズ》には現われていぬ、眼に見えぬ人物に向かって伸ばされているように見える。この肢態だ。この肢態《ポーズ》を一瞥した刹那、僕は万事を諒解することが出来たのだ。

――慎吾兄よ。君は僕のうちに、孔雀屏風《くじやくびようぶ》と称する奇妙な屏風が、昔から伝わっていることを知っているだろうか。それはまことに妙な屏風で、三曲屏風《きょくびょうぶ》である。世に三曲屏風などというものが存在する筈がないから、これは恐らく、もと六曲屏風であったのをどういう理由でか、真中から切断して、その右の部分だけが僕のうちに伝わったものと思われる。ところが問題はその屏風の画なのだが、そこに画かれた女の肢態《ポーズ》というのが、実にこの口絵そっくりなのだ。僕は現在《いま》でもその屏風に画かれた絵を、一分一厘の間違いもなく、髣髴《ほうふつ》と眼前に描くことが出来る。そこには桜花が爛漫と咲き乱れている。その下には白孔雀が尾をひろげている。そしてその側に立っているのは、薄綾の小袖を纏うた、眼もさめるばかり美しい十五、六の女﨟だ。その女﨟は左手を軽く胸にあて、右手はしなやかに下手のほうへさしのべている。

——少年の頃、僕はよく蔵の中へ入りこんで、この屏風のまえで時刻の移るのも忘れたものだ。僕は恍惚としてこの少女を眺めた。どうかすると、眺めているうちに、涙の湧き出でて来ることさえあった。いったいこの女﨟は、何人に向かって手をさしのべているのだろう。この屏風の他の半分には、いったいどういう場面が画かれているのだろう。幼い頭で、僕はよくそれを疑問にした。そうすると、どういう理由《わけ》か、僕はなんともいえぬ物狂おしい心持ちになるのだった。

——慎吾兄、ここまでお話すれば大体わかって戴けたことと思う。僕がしばしば悩まされた幻の面影は、実に孔雀屏風の女から来ていたのだ。今まで、それに気付かなかったのは迂闊《うかつ》だったけれど、君も知られる通り、日本画というものは元来非常に平面的に出来ている。それに反して、僕の瞼にうかぶ女の幻は、実に生き生きとした表情を持っているのだ。今迄僕が、ついぞこの二つを結びつけて考えてみなかったのも、無理のないことと分かって戴けることとと思う。

——しかし、今こそすべてが諒解された。口絵の女は、幻の面影とそっくり同じ顔をしている。そして、彼女はまた、あの不思議な孔雀屏風と同じ肢態《ポーズ》を示している。慎吾兄よ、僕はこの奇妙な因縁の秘密を知りたいのだ。彼女はどうして、僕のうちにある屏風と同じような肢態《ポーズ》を示す気になったのだろう。ひょっとすると、彼女こそ、孔雀屏風の他の半分の持ち主なのではなかろうか。いやいや、たとい、彼女が、孔雀屏風の他の半分を持っていたとしたところで、どうして失われた他の半分、即ち僕の家にある部分に描かれた場面を知っているのだろう。ひょっとすると、同じような屏風がもう一枚ほかにあるのではなかろうか。

——慎吾兄よ。僕はこういう秘密をすっかり知りたいのだ。実は僕自身、無事に帰還することが出来たら、早速その調査に着手するつもりだった。しかし、近くまた前線に出動しなければならぬ僕は、生還をも期しがたい体なのだ。そこで甚だ不躾《ぶしつけ》ながら、この調査をあげて君に委任したいのだが、どうだろう。それは大して面倒なことではないように思う。御覧の通りこの口絵は、雑誌〇〇で募集した美人投票に応募した写真だ。口絵の説明では、ただ単に、広島県尾の道、羽鳥梨枝とあるだけだが、雑誌社へ照会すれば、もっと詳しく住所が分かるだろう。一度、そこへ手紙を出して見てくれないか。

そしてこの婦人と、孔雀屛風とのあいだに、どのような因縁があるのか、出来るだけ詳しく、調査してみてくれないか。

――愼吾兄よ。僕は決して気が狂っているのでもなければ、また冗談でもない。僕はただ知りたいのだ。この婦人の面影が、どうして僕の瞼の裏に顕われるのか。彼女と僕との間に、いったい、どのような因縁があるのか、唯それを知りたいと思うのだ。愼吾兄よ。どうぞ僕の、些《いささ》か常軌を逸したかに見える、この願いを聴いてくれたまえ。

わが従弟、久我与一が戦線からよこした、奇妙な手紙というのは、だいたい以上の如きものだったが、最後の結びの文句にいたっては、ここに書き抜いたより、遥かに熱烈なものがあった。

孔雀女臈

私がもし、与一という青年をよく知らなかったら、この手紙を読んで、狂気の沙汰だと思ったことだろう。匪賊討伐から帰って来たばかりだというから、迫撃砲かなにかにやられて、頭脳《あたま》が変になったのだと考えたに違いない。しかし、私は与一という青年をよく知っている。自分の従弟を褒めるのは些か気がひけるが、世の中に与一ほど立派な青年は、そう沢山はあるまいと私は考えている。沈着で、思慮深く、思いやりがあって、冷静な与一は、どんな場合にも、気を取り乱すような青年ではなかった。この手紙を読むと、彼としては珍しく熱しているようだが、彼が熱するには、きっとそれだけの根拠があるにちがいない。

しかし、そうはいうものの、私はやっぱり一種異様な感じにうたれずにはいられなかった。私はその手紙の重要な部分を、繰りかえし繰りかえし読んだ揚げ句、同封の口絵写真を取り出してみた。なるほど与一が告白した通り、この前の戦闘中、ポケットの中に入れていたものと見え、折り目はところどころ破れかけ、汗と脂に滲んでいる。私は何故か、神聖なものでも見るような気がして、注意深くその折り目をひらいてみた。

なるほど、与一が言ったとおりに違いない。若い洋装の女が桜花の下に立っている。着ているのは、真紅な夜会服のように見える。片手を軽く胸にあて、片手をゆるやかに伸ばしている。その足下には、白孔雀がありたけ尾をひろげて、その尾の一部分は画面の外にはみ出している。

私はこの写真を机のうえにひろげ、それからゆっくりと煙草をくゆらした。どういうわけか、激しい胸騒ぎを感じた。それは、この女の顔があまり美しかったためか、それともほかに理由のあってのことか私にも分からない。暫くこうして、私はその写真と睨めっこをしていたが、やがて思い切って立ち上がると、隠居所のほうへいった。

与一が出征したあと、叔母はいつも、六畳と三畳つづきの、この隠居所へ閉じこもったきりで、息子の武運長久を祈るのに余念がない。床の間には、軍服姿の与一の写真が掲げてあって、そのまえには三度三度陰膳をかかしたことがない。私が入っていった時、叔母と妻は、何か話しながら、せっせと慰問袋をつくっていた。

私の叔母というひとは、今時には珍しい切り髪の上品な老婆で、細面の、肌理《きめ》の細かい皮膚は、老人とは思えぬほど若々しく、切れ長な眼の美しさは与一とそっくりだった。二人は私の顔を見ると、すぐ気遣わしげに眼を見交わした。きっと私の表情《かおいろ》に、ただならぬものを感じたのだろう。

「あなた、与一さんの手紙に、何か変わったことでもあって?」

妻が物尺であたまを掻きながら首をかしげた。

「いいや、別に。相変わらず元気だそうです。ところで叔母さん、妙なことを訊ねるようですけれど、この家に孔雀屛風というのがありますか」

叔母は妙な表情《かお》をして、私を見詰めていたが、それでも持ちまえの落ち着いた声音で答えた。

「はあ、ござんすよ。だけど慎吾さん、だしぬけに、それがどうかしたというの」

「そうですか。不思議ですねえ。僕はまだ一度も見たことがありませんが」

「それはそうでしょう、慎吾さん。その屛風というのが不思議でしてね、うちには半分しかないんですよ。そんなもの、まさか座敷に飾るわけにはいきませんしね、いつも、蔵の中にしまってあります。しかし、それがどうしたというの。与一の手紙にその屛風のことでも書いてあったのですか」

　叔母は私の持っている手紙に眼をつけながらそう訊ねる。妻もお針の手をやめて不思議そうに私の顔を見ている。私は何もこの二人に隠す必要はないと思った。そこで、いま読んだ手紙の趣を、二人に語ってきかせると、例の口絵写真を取り出してみせた。この奇妙な物語に二人が驚いたことはいうまでもない。叔母は忙しく眼鏡をかけると、膝のうえに、口絵写真をひろげてみたが、すると、その唇が遽《にわ》かにはげしく顫えるのが見てとれた。

「慎吾さん、与一はいったいどういうつもりなのでしょう。そんなことをあなたに頼んで、与一は、この女を想ってでもいるのでしょうか」

「さあ、僕にもよく分かりません。しかし叔母さんはどうお考えですか。その写真と、屏風の絵と似ているとお思いですか」

　叔母はそれには答えないで、手を鳴らすと女中を呼んで、爺やに蔵の中から、孔雀屏風を持って来るようにいっておくれと命じた。やがて、問題の孔雀屏風が、その座敷にひろげられたが、その時の驚きを、私はいまだに忘れることが出来ない。全く、与一ならずとも疑問を起こすのは無理ではなかった。その屏風と、その写真と、それはまったく同一のものであるようにさえ見られる。なるほど、屏風のほうの女が薄綾の小袖を着ているのに反して、口絵の方は夜会服を着ている。屏風のほうが髪をおすべらかしにしているのに、口絵のほうは、頸のあたりで切った髪を、ゆるやかに縮らせている。しかし、そういう相違があるにも拘らず、私はこの二つのものの相似に驚かずにはいられなかった。

屏風はかなりの年代ものらしい。金泥はところどころ剝げかかって朱も群青《ぐんじょう》も群白《ぐんびゃく》緑《りょく》もいろ褪せていたが、その美しさは今もなおひとの眼を奪うに足る。桜花の下に立って、軽く右手をさしのべた女﨟の肢態のしなやかさ、尾をひろげた白孔雀の、沈んだような華やかさ、初めてこの屏風を見る私と妻とは、しばらく呼吸《いき》もつかずに見惚れていた。

「それにしても叔母さん、この絵はいったい誰の作なのです。それにどうしてこう半分しかないのでしょう。実に惜しいものですね。これがひとつに揃っていたら、大したものだと思いますがねえ」

「この屏風がどうして、半分に切られたのかわたしも知りません。昔からずっとこの通りだそうです」

叔母は相変わらず落ち着いた声で説明した。

「しかし、この絵を画いた人については、一度与一の父から聴いたことがあります。これを画いたのは与一の御先祖にあたる人だそうですよ」

これは私には初耳だったから驚いた。久我の先祖に画工《えかき》がいたということは、私は今迄ついぞ聞いたことがなかった。

「これは驚きました。今迄、そんな話は少しも知りませんでしたよ。これだけの絵を残すからにはよほどの名人だと思いますが」

「そう、長生きしたら有名になった人かも知れませんね。しかし、惜しいことにその人は、この絵いちまい残したきりで死んでしまったのです。それについて私は与一の父から聴いたことがあります。その人は政信といって、与一の父の曾祖父にあたる人だそうです。わたしなどにはよくわかりませんが、文化だとか文政だとかの頃の人で、はじめは土佐派の絵を修業したのだそうですが、途中で気が変わって、そうそう、その時分司《し》馬《ば》江《こう》漢《かん》という画工《えかき》があったそうですね」

「ええ、ありました。西洋画の手法をはじめて日本に取り入れた人だそうです」

「そうそう、その司馬江漢の絵を見て以来、ひどくそれに動かされて、自分もひとつ西洋の絵について学びたいというので、わざわざ長崎まで修業にいったのです。この絵は長崎で修業中画いたものだそうですよ」

　なるほど、そう言われてみれば、この絵のどこかに洋画の影響がうけとられるような気がする。それは極く力の弱いものだったけれど。

「きっとそこに留学中、誰かの求めに応じて画いたものでしょうけれど、それが誰だか分かっておりません。唯分かっていることは、その人が江戸へ帰って来るとき、こうして屏風の半分だけ土産にしたのだそうです。だからこの屏風が全部出来あがっていたものか、それともここにある半分しかないものか、誰も知ってはいないのです。とにかく、そうしてこの不思議な屏風を持って江戸へかえって来ると、間もなくその人はお嫁さんを貫い、与一の父の祖父になる人がうまれたのですが、それからじき、その人は死んだのだということです。わたしが、この屏風について知っていることは唯それだけですよ」

この物語のなかには、何かしら多分にロマンチックなところがあるように感じられる。長崎に留学中の若い画工《えかき》が、どういう動機でこの絵を画いたのか、そして、何故その半分だけを江戸へ持ちかえったのか、広島県尾の道に住んでいる羽鳥梨枝という女性が、この屏風の女とどういう関係を持っているのか、元来私は、それほど空想家ではないつもりだけれど、これらの疑問には強く心を動かされた。そこで叔母の同意を得た私は、その日、雑誌社へ電話をかけて、羽鳥梨枝というひとの住所を詳しく聴くと、すぐ、長い丁寧な手紙を書き送った。

猫の眼を持った男

私のこの物語が、俄かに奇怪な色彩を帯びて来たのは、それから間もなくのことである。

尾の道から折り返し返事が来た。差出人は緒方万蔵という人物で、手紙を読んで非常に驚いた。実はこちらにも屏風の半分が昔から伝わっているのだが、それについて是非一度、そちらの屏風を拝見したい。幸い近く上京するついでがあるから、その節には必ずお伺いする、というようなことが書いてあった。しかし失望したことには、その手紙には、ひとことも羽鳥梨枝という女性について書いてない。

　彼が羽鳥梨枝の何にあたるにしろ、こちらからの手紙は、彼女にあてたものなのだから、筆のついでに一行ぐらい、その女性について報らせて来てもよかりそうなものだと、私はいくらか不満を感じたが、そんなことを言って見てもはじまらなかった。

「叔母さん、やっぱり向こうに、この屏風の半分らしいものがあるそうですよ。そして、近くこちらの屏風を見にやって来るそうですよ」

「おや、そうですか」

　叔母はなんとなく、気になる風で、あの奇妙な屏風のほうへ眼をやった。

　緒方万蔵という人物がやって来たのは、その翌日の晩のことだった。これには私も驚いた。上京するついでということから、もっと先のことだと思っていたのだが、どうやら向こうは、あの手紙を出したあと、すぐ尾の道をたって上京したものらしい。

「はじめてお眼にかかります。私が緒方ですが、昨日《さくじつ》はお手紙を有難うございました」

　そういう相手はと見ると、四十二、三の堂々たる恰幅の男で、白い条《すじ》のはいったモーニングを着ていた。そのモーニングのズボンで窮屈そうに坐った膝は、山のように盛りあがっていて、その膝のうえにおいた赤ん坊のような指には、太い金の指輪が嵌まっている。

「いや、これは……わざわざお運びを願って恐縮しました」

そう挨拶をしながらも、私はなんとなく相手の眼付きが気になった。丸々と禿げた頭の小鬢のところだけ毛が残っていて、微笑うとなかなか愛嬌のある顔なのだが、それでいて、その眼付きを見るとなんとなく気になる。つまり、顔のほかの部分は微笑っていても、その眼だけは微笑っていないのだ。私はそれを見ると、なんとなくひやりとしたものを、体内《みうち》に感じずにはいられなかった。

万蔵は自ら羽鳥梨枝の伯父だと名乗った。そして、梨枝には両親がないので、自分が一切羽鳥家の管理をまかされているのだといった。彼の口吻によると、羽鳥家というのはその地方の素封家ともいうべき家柄で、なかなか裕福らしい模様だった。

さて、私たちの話は当然、あの孔雀屛風のほうへ落ちていったが、万蔵の話によると、羽鳥の家にも昔から、屛風の半分が伝わっている。それがどうして半分に切断されたのか、誰も知っている者はなかったが、そこには美しいお小姓が跪いて、半ば開いた扇で桜の花弁をうけているところが画いてあるという。

「その屛風の右手のほうから、孔雀の尾らしいものが覗いておりますので、失くなった右半分に孔雀が画いてあるらしいことは、以前から分かっておりましたが、それが近頃になって妙なものが、その屛風の裏から見付かりましたので」

そういいながら、万蔵が取り出した一枚の紙片を眺めて、私も叔母も尠からず驚いた。それは明らかに孔雀屛風の下絵にちがいなかった。下絵だから、むろん大きさはそれほど大きなものではなく、また色ざしもしてなくて、ほんの輪郭だけだったが、その右半分は、明らかにうちにある屏風とそっくり同じだ。そして左半分にはなるほど、美しいお小姓が扇で花弁をうけているところが画いてある。

「分かりました。この間拝見した雑誌の口絵写真というのは、この下絵が粉本《ふんぽん》になったのですね」

「そうです、そうです。私の方でも以前から、その屏風をまことに惜しいものだと思いまして、失くなった半分のほうを、もし手に入るものならと探しておりましたので、そこへ、この粉本が見付かったものですから、屏風の絵はこうもあろうかと、梨枝をモデルに私が写真に撮ってみましたので。時に、甚だ恐れ入りますが、お宅にある分を拝見させて戴けないでしょうか」

むろんそれに否やのある筈はなかった。叔母はすぐ女中に命じて、隠居所にある屏風を持って来させたが、この時である。非常に妙なことが起こった。女中が誤って屏風を電球に触らせたのだが、すると、電気がフーッと消えた。そのとたん、私も叔母も妻も思わずあっと呼吸《いき》をのみこんだのである。電気が消えて、一瞬真暗になった座敷のなかに万蔵の片眼だけが、燐のように仄蒼く輝いているのを見たのである。それは恰度、猫の眼のように見えた。

幸い女中はそれに気がつかなかった。彼女はあわてて電球に手を触れたが、すると、球がゆるんだだけだったと見えて、すぐ電気はもと通りついた。そして、それと同時に、万蔵の片眼の怪しい輝きは消えてしまった。しかし、私たちにはそれだけで十分だったのだ。さすがに誰も、声を立てるものはなかったが、私たちは思わず顔を見合わせた。ことに叔母は真っ蒼になって、うつむいたままかすかに切り髪をふるわせていた。

私たちが、それだけの事に何故そのように驚いたか――むろんそれだけでも十分気味悪いことであったが――それには理由がある。その日の夕方、私たちは差出人不明の電報を受け取っていた。ところがその電報というのがたいへん奇妙な文句なのだ。

イレメノオトコニキヲツケヨ

唯それだけなのである。私たちにはむろん何んのことだか、さっぱり理由《わけ》がわからなかった。第一、私たちの周囲には義眼の男なんかひとりもいなかった。発信局は静岡になっていたが、その土地には私も叔母も知りあいは一人もなかった。叔母や妻は、この電報を非常に気味悪がったものだが、そこへいまの猫の眼騒ぎなのである。私たちは改めてこの男の眼を見直すまでもなく（そんな勇気はとてもなかった）相手の片眼が義眼であることをはっきり知った。それと同時に、あの奇怪な電報が、この男に対して警戒するように言って来たものであることを覚ったのだ、叔母が真っ蒼になったのも無理はない。

「あの、大変恐縮でございますが、わたくし少し気分が悪うございますから、これで中座させて戴きます。慎吾さん、あなたよろしいように」

蒼皇として叔母が出ていくあとから、妻も茶を淹《い》れかえるような顔をして出ていった。あとには私と、この気味悪い相手だけが残った。むろん、万蔵はそんなことには少しも気がつかない。彼は立って、いかにも感服したように首を振りながら、その屏風を眺めていたが、やがて静かにもとの座へかえると、次のようなことを話しはじめた。

実は自分のほうでも、あの半分の屏風を完全なものにしたいと、かねてから苦心していたところだ。幸いこうして偶然この屏風が見付かったのも何かの因縁だと思うから、甚だ失礼ながら、これを譲って戴くわけにはいかないか、と、非常に言い難そうであったが、そういう話なのである。

むろん私は断わった。あの電報を見ないまえならともかく、金輪際この男に気は許すまいと決心していた。断わられると、万蔵は非常に残念らしく、手をかえ品をかえ懇望したが、私のほうでもこれは家宝同様にしているのだから、決してお譲りするわけにはいかぬと、固く主張した。そして反対に、彼がこの屏風の由来について、何か知っているのではないかと思って訊してみたが、それについては彼も、何も知らないらしかった。ただ、羽鳥の家に数代まえから伝わっているので、ということだけしか語らなかった。

やがて、万蔵は非常に残念そうに立ちあがったが玄関へおり立った時、彼はふと、またこんなことをいった。

「いや、お邪魔をいたしました。お譲りしていただけないのは甚だ残念です。たしかにあの屏風にちがいないのですが、表装も同じだし……そうそう、表装といえば、こちら様のも、昔のままでございましょうね」

むろんそうだと思ったから、私もその通り答えた。

「近頃手を加えたり、修理なすったようなことはないでしょうね。いや有難うございました。どうも夜分にあがってお邪魔さまで」

玄関から外へ出て行く時、その男の義眼がまた、猫のようにきらりと光って、唇のはしに奇妙な微笑がうかんだ。そのとたん私はおやと、思わず心の中で叫んだが、と同時に、ある暗示がさっと脳裡にひらめいたのだ。

私は急いでもとの座敷へとって返すと、

「妙子、妙子」

と、妻の名を呼んだ。妻は隠居所から出て来ると、

「あら、お客様、もうお帰りになったの」

「うん、帰った。あいつどうも気に喰わぬ奴だ。帰りがけにね、この屛風に近頃手を入れたようなことはないかと、しきりに念を押していやがった。妙子、おまえそれをどう思う。どうも変だぜ。ほら、さっきあいつの見せたあの下絵ね。あれは屛風の中に貼り込まれてあったんだと言ってたろう。してみると、こちらの屛風にだって、何か大切なものが下貼りに使われていないとも限らないじゃないか。あいつの狙っているのはきっとその下貼りなんだぜ。妙子、その電気をおろして屛風の表から照らして御覧。裏のほうからすかしてみれば、中に何が貼りこんであるか分かるかも知れないよ」

妻はさっそく、電球を取りおろして煌々《あか》と屛風の表側から照らした。私は暗い裏側へまわって、屛風の中をすかしてみたが、するとそこに巻き紙に書かれた長い手紙が、い

ちめんに貼りつけてあるのが見えたのである。

百五十年前の恋文

商売人の手にかけると、屏風の絵を損わずに、中の下貼りを取り出すことなんぞ、造作のない仕事なのだ。それから二日目、私たちはその屏風の中からなにを発見したか。それこそ世にも奇妙な、世にも物語めいたものだった。実にわれわれは、与一の先祖にあたる人が、百数十年以前に書いた、綿々たる恋文の一束を発見したのだ。

ところどころ虫が喰っていた。また途中で断ちきられているのもある。おまけに現在のわれわれには甚だ縁遠い書体で、墨のうすれているところもあり、読みこなすのに甚だ難儀だったが、それでも三人が額を集めて判読したところによると、それらの悉くが、長崎留学中の若い絵師政信から、紫という娘にやられた恋文であることがわかった。

それらの手紙を、そのままここに転載することは殆ど不可能である。そこで、われわれがそれらの手紙によって知り得た事実だけを、ここに簡単に書き誌しておこう。

紫というのは、当時の長崎における豪商の娘らしい。父の名ははっきりそれと書いてなかったが、文中のところどころに出て来る、辰砂《しんしゃ》源兵衛というのが、前後の関係からそれではないかと思われる。政信はその男の依頼で、孔雀屏風を画いたらしい。そして、これだけは明瞭に書き誌してあるのだが、その屏風に画かれた孔雀女藺のモデルとして、政信は紫という娘を使ったらしいのである。

つまり、いまわれわれの眼のまえにある孔雀屏風の女こそ、政信の悲恋の相手、紫という娘の絵姿なのだ。そこまではどうやら想像出来た。しかし、そのあとは依然として謎なのである。手紙の文面によると、紫という娘も、政信を憎からず思っていたらしいが、二人の恋の遂げられなかったことは、それから間もなく、政信が単身江戸へかえって来たところでも察せられる。それのみならず、政信の手紙の中にはところどころ、漠然とした不安が述べられている。その不安の原因が何んであるか、明瞭に記してないから、もとよりわれわれに知るべくもないが、とにかく何か恐ろしい不幸が、政信自身にか、恋人にか、それとも辰砂源兵衛のうえにか降りかかりつつあるように見える。

そこで以上の事実を綜合すると、結局こういうことになる。孔雀屏風は画きあがった。そして、それを表装する時、紫という娘は恋のかたみの恋文を、その屏風の下貼りに用いたらしい。そこまでは分かるが、さて、その屏風が何故、二つに引き裂かれたのか。そして、何故そのひとつが政信の家に伝えられ、もうひとつの方が羽鳥梨枝という娘のもとに伝えられたのだろう。羽鳥梨枝という娘は、紫の何んにあたるのだろう。それからもう一つの疑問は、緒方万蔵という男だ。この古い恋文に、それほど大した価値があろうとは思えない。してみると、あの男を疑《うたぐ》ったのは、やっぱりこちらの邪推だったかしら。いやいや、私はやっぱりあの男を信ずることは出来ぬ。帰りがけに洩らしたあの気味悪い薄笑い、私はそこにはっきりと、あの男の腹黒さと、悪企みを見てとったのだ。

何かあるに違いない。この屏風には、いま私が発見した以上の秘密がかくされているのだ。

私はしばらく茫然として屏風のまえに坐っていた。私の頭脳《あたま》はおもに、緒方万蔵という男の奇怪な行動に占領されていたが、叔母の考えはまたそれと違っていた。彼女はいま発見した、愛する一人息子の先祖にあたる人の悲しい恋にひどく心を動かされていた。彼女は暫く、悲しそうな眼をほそめて、孔雀女繭の姿を見ていたが、やがて切り髪をふるわせながら静かに呟いた。

「慎吾さん、お妙さんも聞いておくれ。わたしがこんなことをいうとまた年寄りの迷信と笑われるかも知れないけれど、わたしにははっきりとわかりますよ。御先祖の深い想いが、与一の魂のなかに生きているのです。遂げられぬ恋の憬れが、与一の胸のなかで生きかえって来たのです。それでなくて、どして与一が、この屏風の女に心を惹かれよう。またあの口絵の写真を一瞥《め》みて、その人だと気がつきましょう。羽鳥梨枝というあの人こそ、紫という娘さんの血をうけて、この世にうまれかわって来た分身にちがいない。ああ、その女《ひと》がよい娘であってくれたら、与一のよい嫁であってくれたら」

それを聴いたとたん、私も妻も、ある厳粛な想いに、ジーンと体中がふるえるのを感じたのである。

その夜、私は二通の手紙を書いた。

一通は長崎に住んでいる大学時代の友人で、長崎研究家として、ひろく天下に知られている風間伍六にあてたもので、用件はいうまでもなく、辰砂源兵衛という人物の調査についての依頼だった。そしてもう一通は、もう一度羽鳥梨枝という女性にあてたもので、その手紙のなかで、私はまえよりももっと詳しく、久我家に伝わる孔雀屏風のいわれから、古い恋文の発見、更にまた与一の奇蹟にいたるまで、あますところなく書き送った。

これらの手紙の返事は、なか二日おいて私の手許に届いた。そしてそれと殆ど時を同じゅうして、またここにひとつの事件が持ちあがったのだが、ここには二通の手紙の方から先にお眼にかけておこう。

謹みて返えし文まいらせ候《そうろう》、以前にも一度おん文賜りし由《よし》に候共《そうらえども》、それは私が手には入らず、いといぶかしきことと一旦は怪しみ申候も、私は伯父緒方万蔵がお宅へお伺いし由 承《うけたまわ》り候いて、はたと合点《がてん》仕《つかまつり》候《そうろう》。わが親戚、ましてや伯父なる人を悪しざまに申上候は、いと心苦しき事に候共、かの伯父というは日頃よりとかく腹黒き人にて、かねてより心許なく思い候いし折柄、私あての手紙を隠し、私にはなんの断りもなくお宅へ推参仕候段、甚だ怪しきことと被存《ぞんぜられ》候。それにて思いあたり候は、お眼にとまり候写真と申すも、かの伯父のすすめにて撮影いたし候もの、かたがた怪しきことと、念のためお訊ねの屏風調べ申候ところ、屏風の裏貼りに一ヶ所切り取り候跡ござ候。尤も以前

同じ裏貼りのうちより、屏風の下絵見附け候こと、私も存じおり候共、この度のはまたそれと違った場所にて候程に、なにかよからぬ企《たくら》みのあるやと、いよいよ心いぶせく存じ候。かえすがえすもかの人に、御用心あそばさるるようお願申上候。

さて、お訊ねの孔雀屏風の儀、私の承知仕候ほどのことを残らず申上げまいらせ候。かの屏風はいまより百数十年の昔、長崎より当家へ嫁してまいられ候紫女《むらさきじょ》と申す方の、持参あそばされ候ものの由、幼きころ母より承りおり候。お話の如くその表面には美しきお小姓の姿えがかれ申候が、これにつきて母より承りうろ覚えに覚え候は、その姿こそこの絵をお画きなされ候画工《えかき》の君が、おのが姿をそのままに写ししものの由。まことに美しく凜々しく、その屏風を見るにつけ、幼きころさまざまの怪しきことども有是《これあり》、心乱れ候こともたびたびにてござ候。いまはからずもおん文拝見仕候て、与一さまとやら申さるるおん方のお話ども承り候につけ、その想いますます烈しく、何やら心狂わんばかりに怪しき心地いたし申候。かかるはしたなきこと打明け申候も、ひとえにあなた様の御親切に甘えたくと存じ候まま、何卒《なにとぞ》何卒、悪しくなおん蔑《さげす》み被下《くださるまじく》間敷、いまはただ与一さまのみ写真なりとも拝見いたしたく、心とびたつばかりの想いにてござ候。

あまり意外なおん文に接し、心甚だ乱れ候まま、一旦は筆をおき申候も、近日中に必ず必ずおん許様へまいり、詳しきお話などお伺い申上度、その節はよろしくお願い申上候。

この手紙はわれわれを驚かすに十分だった。これで見ると、与一に起こった同じ奇蹟が、梨枝という女にも起こっているに違いなかった。百数十年まえに満たされなかった、哀れな男女の想いが、忽然として現代に甦ったのだ。そして、お互いに怪しき魂の呼び声にゆすぶられて、見も知らぬその相手の幻を追いつづけて来ているのだ。私はあまりの不思議さに、ただ唖然として、妻と顔を見交わすばかりだった。しかし、叔母はわれわれとは違っていた。彼女はさもいとおしげに繰りかえし、繰りかえしこの手紙を読み返すと、やがて涙を湛えた眼でわれわれ夫婦を振りかえった。

「慎吾さん。よく御覧。なんという美しい字であろう。この娘《こ》はきっと、この字のように、性質《こころだて》も美しく優しい娘にちがいない。与一の嫁はこの娘よりほかにはありません。はい、どのようなことがあっても私はこの娘を、わが嫁と呼ばずにはおきませぬ」

さて、もう一通の、風間伍六から来た返事というのはこうである。

拝呈貴翰只今落手《らくしゅ》仕候。如何なる風の吹廻しにや、長崎の事御調の趣《おもむき》、愚生甚だ会心の事と存候。扨《さて》御訊の辰砂源兵衛が事改めて取調の労を煩わす迄も無是《これなく》、当地に於て甚だ有名なる人物に候ば、早速御報告申上候。当地に今も尚辰砂屋敷跡と申所有是《これあり》、愚生

等幼少の砌《みぎり》よく其処にて遊びし記憶有是候。これこそ御訊ねの源兵衛が住居《すまい》の跡にて、辰砂源兵衛と申候は化政度の豪商にて、かの淀屋辰五郎、銭屋五兵衛等にも匹敵すべき闊達の人物なりし由、幾多の文献に散見致居候。其の全盛時代は紀文の富もしのぐ可き程にて候所、文政三年、抜荷買――つまり現今の密貿易に候――の一件露見致候由にて、家は闕所《けっしょ》、己は打首と相成申候。該事件は「梅花堂見聞集《うめやどうけんもんしゅう》」と申す古書に詳しく有是候間《そうろうあいだ》、御参考の為一度御被見なさる可候《べくそうろう》。尚辰砂源兵衛の子孫に就ては残念乍《なが》ら小生も知る所なく、尚精々調査仕候共、茲《ここ》に一つ興味ある伝説を申上候。そは源兵衛が打首となる少し以前、予《あらかじ》めこの事あるを覚悟したるにや、財産のうち黄金三万両、黄金の鶏一対《つい》、千枚分銅《ふんどう》、大枝珊瑚樹《おおえださんご》、白銀《しろがね》の碗等、其の他莫大なる財宝をいずくへか埋《うず》め置き候由にて、当地の古老のうちには今尚その伝説を固く信じ居候者間々《まま》御座候。

右御参考までに附加へ申上候。

私はこれを読んではじめて何もかも分かったような気がした。政信の手紙にある、あの一種異様な不安、それは辰砂源兵衛のうえに迫りつつある、あの大きな不幸を意味していたに違いない。その頃からすでに、源兵衛の闕所は、避けられぬ運命として、政信の眼にもうつっていたのだろう。しかし若い画家の彼に、それをどうすることが出来よう。彼はただ、恋人への手紙のなかに、それとはなしに、その不幸の予想を書き綴って

いたのだろう。

だが、源兵衛が打ち首になるまえに、埋めておいた財宝というのは、真実あるものだろうか。その当時の黄金三万両といえば、現代の金にすれば、莫大なものにちがいない。――とそこまで考えて来たとき、私は愕然として膝を打った。そうだ、あの義眼《いれめ》の緒方万蔵が覘っているのは、その埋められた宝ではあるまいか。その宝の所在《ありか》に関して記した書類のようなものが、この屏風のどこかに隠されているのではあるまいか。

それはかなり突飛な考えのようだが、また翻って考えてみれば、あながち荒唐無稽だとも思われない。財宝を埋めた辰砂源兵衛が、その所在を示す書類を、子孫のために遺すということは実際考えられないことではない。そしてその書類を、当時出来あがったばかりの屏風のなかに貼りこんでおくということも、考えられそうな事だ。現に、羽鳥家にある屏風の裏側は、緒方万蔵の手によって切りとられた形跡があるというではないか。きっと、その部分だけでは、埋められた財宝の所在を知るには不十分だったのだろう。そして、それを満すべき鍵が、こちらの半分のなかに隠されていると信ずべき、なんらかの根拠があったのだろう。

私は非常な昂奮を感じて、もう一度あの屏風を隈なく調べてみた。しかし、結局、何物をも発見することは出来なかった。私がその屏風のなかから得たものは、まえにいったあの一束の恋文ばかりである。ひょっとすると、あの恋文のなかに、何かそれを暗示するようなことが書いてあるのではあるまいかと、そこで私はもう一度、あの古い手紙を取り出して調べてみたが、自分の不敏のせいか、別に変わったところも発見することは出来なかった。だからもし、辰砂源兵衛の埋めた宝というのが、真実この世に存在するとしても、恐らくそれはこの屏風の関知するところではあるまい、緒方万蔵はなにか途方もない間違いをやっているのだ、と、そう信ぜざるを得なかった。ところが、その夜にいたって、はしなくもここに非常に恐ろしい事件が持ちあがったのである。

屏風の奇蹟

これから述べるような血腥い事件を、あまり詳しくお話することは私の好むところではない。第一それは、一人の愛児を戦地へ送って、ひとり静かに留守宅を守っている叔母に対しても冒瀆にあたる。だから出来るだけ簡単にその夜の出来事を述べることにしよう。

真夜中の二時頃のことであったろう。私は異様な物音に眼を覚まして、俄破《がば》とばかり寝床のうえに起き直った。妻も同じ物音を聴いたと見えて、私より先に起き直っていた。物音はどうやら隠居所のほうらしく思われる。そこには叔母がひとりで臥している筈だから、私には何よりもそれが気にかかった。そこで、ついて来ようとする妻を宥めておいて、渡り廊下づたいに離家《はなれ》のほうへ来ると、暗闇のなかで、だしぬけに人につきあたった。

これには私も驚いた。私は必ずしも自分を臆病者だとは思わないが、この時ばかりは胆を潰した。相手の真黒な姿が天井につかえるような大男に見えた。相手は私を突きとばしておいて渡り廊下の雨戸を蹴破り、風のように外へとび出していった。だが、その瞬間、私ははっきりと見たのである。その男の片眼が、猫のように闇のなかに光っているのを。緒方万蔵以外に、そんな不思議な眼を持った男があるべき筈がない。

私は一瞬、その男のあとを追おうかどうしようかと躊躇したが、すぐ思い直して離れ座敷へ入っていくと、電気のスイッチをひねった。私が非常に安心したことには、叔母は寝床のうえに、きちんと起き直ったまま、眼をつむって、何か口のなかで唱えていた。切り髪がかすかにふるえていたが、別に恐怖の表情《いろ》は見えなかった。

「慎吾さんかえ」

叔母はまだ眼をつむったまま、落ち着いた声で言った。

「はい、叔母さん、どうかしましたか」

「いいえ、わたしは大丈夫です。しかし慎吾さん、わたしはいま不思議な声を聞きました」

「不思議な声と言いますと?」

「与一の声です。はい、あの子の声を聴いたのです。『お母さん』と、あの子は叫びました。それから『あの人を頼みます』と言ったようです。今夜、与一の身に何か変わった事があったにちがいありません」

私は何かしら、ゾッとするような衝動《ショック》をうけて、眼動《まじろ》ぎもせずに、叔母の顔を見詰めていた。その時の私の感じをどういって言い現わしていいか私にはわからない。蒲団のうえにきちんと端坐している、叔母の小さい切り髪姿が、私の眼には聖者のように映った。その小さい卵型の顔から後光がさしているように思えた。私が息をつかずに、その厳粛な老婆の像を見詰めていると、やがて叔母は、パチリと澄んだ眼を見開いた。

「慎吾さん、あの悪者は逃げましたか」

「はい、逃げてしまいました」

「そうですか。それではすぐに警察へ電話をかけて下さい。その屏風の裏側に、もう一人の悪者が殺されている筈ですから」

その夜は、私にとっては驚くことばかりだった。叔母の言葉にぎょっとして、次の間にある、あの孔雀屏風の裏側を覗いてみると、なるほど、そこには無残に胸を抉られた、醜い男の屍体が横たわっている。それはまだ年の若い青年だったが、どこかモルヒネ中毒患者を思わせるような、畸型的な、この世からの落伍者の面影だった。むろん、今迄いちども見たことのない男である。

私は驚いて叔母のそばへ帰って来ると、向こうの座敷へいくようにすすめた。しかし、叔母は軽く頭をふったきりで、穏かにこう言った。

「いいえ、私はやっぱりここにおりましょう。ここには与一の写真があるのですから」

そこで私は妻を呼びよせて叔母の介抱《みとり》を命じると、すぐ警察へ電話をかけた。それから後《あと》のことはおもに警察の領分であって、私たちの与り知らぬところである。第一、私はその被害者を知らない。また、加害者についても、私はあまり多くのことを語らなかった。彼等の目的が、あの孔雀屏風にあったろうことは、疑う余地もなかったが、それについても私は沈黙を守っていた。これ以上、叔母の身辺を騒がせることを好まなかったからである。だから結局、この事件はこういうふうに世間へ報道された。

二人組の強盗が押し入って、その一人が仲間を殺害して逃亡した云々。

だが、諸君よ、私はこれよりほんの少しばかり余計なことを知っているのである。その殺害された男は、決してもう一人の男の仲間ではなかったのである。彼等はむしろ競争者だったのだ、全く別々の手懸りから、あの孔雀屏風に眼をつけた二人は、偶然その夜、目的物のそばで落ち合ったのだ。そして一人の方が、競争者を斃して逃亡したのであろう。いつか私のところへよこした、あの奇怪な電報の発信者がその夜、私の家で殺された男であろうことを、私は殆ど疑うことが出来ない。

私が何故、そう信じるか、それには理由がある。その夜私は、警察へ電話をかけた後、警官が来るまでに、屍体の懐中を探って不思議な書類を発見したのである。そのことについては、私は妻にさえも語らなかったくらいだが、いまその書類というのを次に掲げておこう。それは美濃紙に書かれた古い写本の一種で表紙には「長崎異聞集」と書いてあった。この小冊子の著者は、長崎奉行所に勤めた役人あがりらしく、閑斎《かんさい》翁という署名がある。内容はすべて閑斎翁が長崎奉行所に勤めていた頃、見聞した事実を書き集めたたものらしく、その最後に次のような一節がある。

「辰砂源兵衛が娘屏風の裏に財宝の所在を書き残すこと」

私はここに、その一節を原文のまま掲げることにする。この一節こそ、孔雀屏風の秘密を解く鍵と信じられたからである。事実は、この一節の裏には、もう一つの秘密があったことが、間もなく分かったものだけれど。


余がいまだ長崎奉行所に勤め候頃、糸女《いとじょ》と申す老婆を知れり、斯者《このもの》は文恭院様（家斉《いえなり》のこと）御治世の砌《みぎり》、抜荷買の一件顕れお仕置と成りたる辰砂源兵衛方に奉公仕り候者の由、斯者申すに源兵衛お仕置の後、娘紫と申すが尾の道へ立退き候に従いて参り、其者の死す迄仕へ候由なるも、紫の他界するに及びて再び長崎へ帰り老後を養い居る所、某日余に向いて次の如き奇怪なる話を成したり。娘紫と申すは其後縁ありて所の豪士羽鳥某なる者の許に嫁ぎ一子を儲け候も、産後の肥立ちや悪しかりけん、間もなく他界仕り候が、臨終《いまわ》の際にまことに奇怪なる一書を屏風の裏に貼り附け候由、其一書を何んぞと申すに、彼の源兵衛がお仕置を受け候前、窃《ひそか》に黄金三万両、黄金の鶏一対、千枚分銅、白銀《しろがね》の碗、大枝珊瑚、其他様々の金銀財宝を隠匿仕り、其の所在《ありか》を示す絵図面を屏風の中に貼込候由なり。然る所其屏風、仔細ありて真中より引裂かれ、大切なる絵図面を貼込みたる分は、江戸へ持去られ候由。然るに依って、此一書を見候わん者は、必ず江戸

へ参りて其屏風を取戻し、絵図面を見附出し首尾よく財宝を掘出せよとの趣《おもむき》なり。これまことに近世の一大事、奇怪なる事共に候が、扨《さて》糸女の申すには、――

と、この奇怪な手記はそこでぷっつりと切れているのである。おそらくその後の一枚が落丁になっているのであろう。しかし、これだけでも十分である。緒方万蔵や身許不詳の男が、あの孔雀屏風に眼をつけるには、それだけの立派な理由があったのだ。万蔵が羽鳥家にある屏風の裏から切り抜いたというのは、おそらく紫の遺書だったのだろう。彼はあの下絵を発見した時、それと同時に、この遺書をも見付け出したのに違いない。そして、殺されたあの身許不詳の男は、それとは別の緒《いとぐち》、即ちこの写本から、辰砂源兵衛の埋《うず》めた財宝の存在を知ったのに違いない。それはまことに奇怪な話だが、ともかく一応当たってみるだけの値打ちは十分あるほどの真実性を持っている。しかも、前にもいった通り、黄金三万両といえば、それだけでも大した値打ちの代物なのだ。

しかし、これはいったいどうしたというのだろう。彼等が命がけで探している肝腎の絵図面が、あの屏風の裏側になかったことはすでに諸君も御存じの通りである。紫という娘が、罪な悪戯で百数十年の後に、人をあざむいたのだろうか。それとも、事実、その絵図面は存在していたのだが、ずっと昔に、何人かの発見するところとなったものであろうか。私は告白する、その時私が非常な好奇心のとりことなったということを。しかし幸か不幸か、その時私は、この浅間しい好奇心の衝動にしたがって行動するいとまがなかったのである。

あの夜、叔母が聴いたという与一の声、それが大きな不安となって、われわれの一家にのしかかって来ていた。叔母はその後、絶対に隠居所を出ようとしなかった。昼も夜も彼女は、与一の写真のまえに坐って数珠をつまぐっている。彼女は与一の戦死を信じて疑わなかった。そして私たち夫婦は、彼女を慰めるのに大童《おおわらわ》だったのである。

果然、叔母の予感は半ば的中した。それから数日の後、私たちはある方面から、与一の消息に接することが出来た。与一は戦死したのではなかったが、名誉の負傷で現地の衛戍《えいじゅ》病院に後送されたのである。この時の与一の働きは、戦史にも遺るほどの立派なものであったらしい。私たちはつぎからつぎへと、新聞社の人々の訪問をうけた。それらの人々から、与一の働きを聴かされる度に、叔母は黙って頷いていた。与一の戦死を信じて疑わなかった際も、少しも取り乱したところを見せなかった叔母は、与一の負傷の程度を聴いても（それはかなり重いものだったが）眉ひとつ動かさなかった。いま私は、この尊敬すべき母子《おやこ》のまえに脱帽しておこう。

与一の働きは、もちろん、彼の写真入りで新聞に掲げられた。あとから知ったことであるが、この記事は全国の新聞に出たようである。その結果、私たちは既知といわず、未知といわず、全国の人々から懇切な見舞いをうけた。こういう大きな感動の渦巻きのなかにあって、私たちが一時、あの孔雀屏風のことを全く念頭から忘却してしまったのも、当然のことであろう。

ところが、あの記事が出てから二日目のことである。私は再び、長崎の風間伍六から一通の書面と、小さい小包を受け取った。書面にはその後、辰砂源兵衛に関して、興味ある事実を記した小冊子を発見したから、一覧に供する旨が認めてあった。私は急いで、小包を開いてみたが、そこに発見したのは、私がすでにこの間、身許不詳の男の屍体から見付け出した、あの「長崎異聞集」であった。

写本のことだから、写し手の間違いや、脱落と思われる箇所がところどころにあったが、二つのものが全然同一のものであることは疑う余地がない。それでも私は、寄贈者に対する礼儀として、一応、例の節を開いてみたが、そこで私は非常に意外なものを発見した。まえの写本では、最後の一枚が脱落していることを、私は述べておいたが、風間から送られた分には、ちゃんとそれがついていた。そして、問題は実に、その最後の一枚にあったのだ。ここにその部分だけを書き抜いてお眼にかけよう。

まえの写本では、「これまことに近世の一大事、奇怪なる事共に候が、扨糸女の申すには、――」というところで切れていたが、その後が次の如く続いている。

扨糸女の申すには、これすべて偽《いつわり》の事共なり。然らば何を以って紫がかかる怪しき事共を書遺し候哉と問うに、仔細はかの屛風にあり。かの屛風と言うは美しき男女《なんにょ》二人を画

きたり。女は紫にて男はそを描きし画工《えかき》某に候由。彼者《かのもの》共は深き相思の仲なりしも辰砂源兵衛闕所《けっしょ》打首の砌《みぎり》、本意《ほい》なき別れをこそなしたれ。其節紫の申すに、江戸と長崎と相別れては再び相見ん事得叶うまじ。せめてもの思出に、妾《わらわ》の絵姿持ち帰り候え。妾又御身の絵姿を日毎側に置きて君を忍ばんとて屏風を二つに引裂きたり。紫其後縁ありて他家へ嫁ぎ候も、想いは常にかの画工某のうえにあり。死すとも今一度《たび》かの者に巡り遭わんぞかしと日頃歎き悲しみ候所、ふと思い出だし候は、別れの砌其者と契り候言葉なり。此屏風再び一つに成時こそ、二人が一つに成候時なれ、そは今生《こんじょう》にてもよし、又未来にてもよかるべし。引裂かれたる屏風の再び原《もと》に復する時こそ御身と我との一つに成時ぞ、そを必ず忘れ給うなと彼者の言残し候言葉なり。然るを以って紫は子孫にかの屏風を探させんと欲するも、唯それのみにて仲々諾《うべな》うまじ。さるを以って、計《はかりごと》にて屏風を探させんと欲する也。世に慾なき人間はあらじ。黄金三万両と申せば、何人も必ず慾に駆られ彼屏風を探求め候事必定《ひつじょう》なり。是畢竟《ひっきょう》紫の君の哀れなる恋のなす所なれば、君必ず他言致されなと糸女の申すを聞きて、余あまりの事に暫言葉も出でず、後日の為に此事書記す者也。

あまりの事に暫し言葉の出なかったのは、必ずしも閑斎翁ばかりではない。かくいう私も、暫く茫然としてなすところを知らなかった。してみると、緒方万蔵も、あの身許

不詳の男も、ありもしない財宝の幻影を追うて命をかけていたのだ。なんという奇怪なことだろう。百数十年の昔、悲恋に狂った女の設けておいた罠の中に、今となって二人の男がまんまと落ちたのだ。あの身許不詳の男は、肝腎の部分が脱落している写本を手に入れた。それが彼の不運だったのだ。私はもうあの男のことを考えまい。彼が誰であろうと、それはもう私の関知するところではない。また緒方万蔵にしたところで、殺人の大罪を犯した男が、再び私たちの眼前にかえって来るようなことはあるまい。想えば可哀そうな男である。私は彼を、彼を待っている運命にまかせて自分から手出しをしないでおくことにしよう。いつかは彼も、自分の間違いに気がつくことであろう。

それにしてもこれはどういう事になるのだろう。引き裂かれた二つの屏風はまだひとつにはならないが、今や互いにその所在《ありか》を知っている。それがひとつになる時は——と、私がそこまで考えた時である。けたたましい声で妻が書斎の外から私を呼んだ。

「あなた、あなた、あの方がいらっしゃいましたわ。羽鳥梨枝さんが。屏風を持って」

私が書斎から跳び出すと、妻は呼吸《いき》を弾ませながらこう言った。

「いま、隠居所にいらっしゃいます。あの新聞の写真を御覧になったのですって。とても、とても、それは口では言えないほど綺麗な方」

私が隠居所へ入っていった時、羽鳥梨枝は床の間の与一の写真を、おもても振らずに眺めているところだった。私は生れてからこの方この時ほど感動的な場面を見たことがない。妻の言葉は嘘ではなかった。彼女の美しさは、この世のものとは思えないほどだった。いつか見た口絵写真とはちがって、彼女はむしろ地味な着物を着ているが、それは彼女の美しさを微塵も傷つけなかった。切れ長な眼がパッチリと円にひらいて、ふくよかな頰から顎の線が、床に活けた白百合のようにかすかに顫えていた。ふいにその眼から、真珠のような涙が湧き出して来たかと思うと、彼女は崩れるように、座を滑って叔母のまえに手をつかえた。

「この方にちがいございません。はい、たしかにこの方でございました。幼い時からあたしが、こうして瞼を閉じると、その底にありありと浮ぶ面影は、たしかにこの与一さまにちがいございません。ああ、あたしはどのように、この面影をお慕い申し上げたでしょう。そして、どのように物狂おしい気持になったことでしょう。この間の晩も、あたしはたしかにこの方のお姿を見ました。それは真夜中の二時ごろのことだったでございましょうか。あたしは物凄まじい物音に眼を覚ましました。私の眼のまえには、何やら黒い煙がいっぱい立ちこめておりました。それは炸裂した砂煙のようでもございました。それが晴れていくに従って、あたしははっきり見たのでございます。五、六人の兵士の先頭に立って、与一さまが剣をふるって突進していらっしゃるのを。その時、また恐ろしい物音が炸裂いたしました。そしてあたりは再び砂煙で閉じこめられてしまいました。そしてそれが今度晴れた時、与一さまが傷ついて倒れているのをあたしは見たのでございます。その時与一さまはにっこりとお微笑いなさいました。そして、声も嗄れんばかりにお叫びになったのでございます、バンザイと。ひとこえ高く」

梨枝はよよと泣き崩れた。私と妻とは思わず顔を見合わせた。叔母は無言のまま、梨枝の肩に手をかけている。梨枝は再び顔をあげた。

「小母さま。お願いでございます。りほかに行くところはございません。ふつつかな者でございますが、どうぞ、どうぞ、与一さまのお写真のそばにおいて下さいまし」

「おお、あなたをどこへやりましょう。あなたは与一の嫁です。いいえあなたのほかにどこに与一の嫁がありましょう。さあ」

と、叔母は改めて梨枝を与一の写真のまえに坐らせると、いまこそ一つになった孔雀屏風を振りかえり、それから私たちのほうを見てにっこりと晴れやかに微笑った。そして言った。

「慎吾さん、お妙さん、さあ、祝言の支度をしておくれ」

解説

中島河太郎

著者の横溝正史氏の名前を耳にすれば、反射的に金田一耕助を思い出すひとが多いだろう。殊にこの文庫に収められた十余冊のほとんどに、金田一が活躍するのだから無理もない。

ただ戦後いち早く筆を執《と》られた「蝶々殺人事件」——これは「本陣殺人事件」と並行して書かれ、その後の日本の推理小説界の動向の指標となった記念すべき作品だが——には由利先生が探偵役となっている。

金田一耕助が戦後の著者の寵児とすれば、昭和十年代の作品群で馴染の深かったのは、「蝶々殺人事件」を最後の事件にした由利麟太郎であった。

金田一のイメージははじめから固定して動かなかったが、由利先生のほうは必ずしもそうではなかった。その名前が登場するのは、昭和八年の「憑かれた女」からで、由利先生と新聞記者三津木俊助のコンビになっている。先生はかつて警視庁に奉職していたというだけで、名捜査課長とうたわれたともいっていなければ、姓だけで名前のほうは紹介されていない。

十年の「獣人」には、由利隣太郎という「学生上がりのまだ生若い青年」が登場し、「後年私立探偵という風変わりな職業で身を立てるようになったくらいだから、その時分から人一倍好奇心は強かったに違いない」とあって、由利先生より金田一に通ずるところがある。

翌年の長編「白蠟変化」では、隣太郎が麟太郎に改まり、名捜査課長だったという注釈がついたし、三津木とのコンビによる探偵譚になっている。

この三津木は由利先生のワトスン役だが、ドイル作中のワトスンのように凡庸ではない。俊助自身探偵的才能を十分に具えた敏腕記者である。ただし、この二人のコンビは物語によっては成立していない場合がある。この「真珠郎」では由利先生と志賀司法主任が関与するが、これは地方での事件だから、俊助をはずしたのであろう。

十三年の「白蠟少年」では、俊助と等々力警部、同じく「双仮面」事件では、由利先生と等々力といった組み合わせもあるが、主なものでも「白蠟変化」「夜光虫」「まぼろしの女」「双仮面」「仮面劇場」「蝶々殺人事件」があり、長い間親しまれていただけに、揃っての退場となると淋しい。

著者には登場人物の名前に好みがあるらしく、この「真珠郎」の筆録者が椎名耕助であった。金田一の名はこれの踏襲と見られるし、著者の愛着を覚えている初期の作品には、山名耕作が現われるし、この名はまた著者のペンネームの一つでもあった。

そういう名前談義はさておいて、由利先生のシリーズで、もっとも圧倒的な感銘を与えられたのは、この「真珠郎」である。これは「新青年」の昭和十一年十月号から、翌年の二月号まで連載された。私は当時旧制の高等学校にいたが、毎月待ちかねて謎のおもしろさと、妖艶な物語に陶酔した。

著者が処女作を発表したのは大正十年だから、江戸川乱歩の出現に先立つこと二年であった。すでに中学生時代から、神戸の古本屋で海外の探偵雑誌を渉猟し、当時まだわが国で知られなかった作家や作品を発掘したのだから、なかなか早熟児であった。

たまたま乱歩の推挽によって、博文館に入社し、探偵小説のメッカともいうべき「新青年」の編集に従ったのだから、編集者自身の創作を発表するには憚られたのは当然であろう。

満六年間勤めていた時期こそ、探偵小説が隆盛の波に乗って、広汎な読者にアピールしたのだが、その間、羽翼を十分に伸ばせなかった著者は、いよいよ文筆専業に踏み切った。それが昭和七年のことである。長編「塙侯爵一家」と「呪いの塔」を終えて、「面影双紙」を発表後、事態は急変した。発病、喀血して、安静療養につとめなければならなくなったのだから、たいへんな衝撃であった。

編集者の拘束から解き放たれて、大いに創作意欲に燃えていた矢先、執筆停止、転地療養を勧告されたのである。しかし、著者はその試練を甘受して、信州上諏訪で専心闘病につとめた。

それだけに十年初頭に、「鬼火」をもって再起されたときの気魄は凄じいものがあった。一年有半の雌伏は精神的肉体的に大きな葛藤を齎《もたら》したにちがいないが、それだけに再起は単なる復活ではなしに、再生であった。

病臥直前の「面影双紙」が戦列復帰後の作品系列の先蹤《せんしょう》をなすものだが、以後はそれまでの横溝正史作品のイメージをまったくといってよいほど塗り変えた、鮮烈な印象をもって迫ってくる。濃艶な愛憎絵巻に仕立てられた「鬼火」、燐光のように無気味な「蔵の中」、月光の魅惑を美しく語りかける「かいやぐら物語」、命を賭けた愛情の曲折を述べた「蠟人」など、凄艶妖美のロマンティシズムをこころゆくまで展開するようになった。

別乾坤《けんこん》の樹立を成就した著者は、また決してその境涯にとどまらなかった。耽美的な浪漫世界に身を浸しながら、謎解きの興味とを融合させようという、思い切った試みを実現したのがこの長編「真珠郎」である。

奇怪な殺人美少年はどこにいると問いかけた序詞は、眼もあやに飛び交う蛍火に包まれて、蹌踉《そうろう》として立った真珠郎の姿を覗かせて閉じられているが、手にした頃若かった私は、何度くり返して読んだことであろう。

それにヨカナーンの首に似た雲を、九段の坂で仰ぐ主人公に接すれば、これから凄惨な物語の始まることが、当時の著者の作風に耽溺していた読者には、当然予測されずにはおかなかった。

おもむろに移った舞台は、秋草の咲き乱れている信州であった。著者にとって思い出のしみた土地である。鋭い声で遮《さえぎ》りながら、血の雨の降ることを予言する老婆に茫然としながら、目ざすところに着いてみると、浅間を見上げる湖のほとりに古風《ふう》な娼家風の建物がぽつんと立っている。

無気味な雰囲気を美しい情景を包んだ行文に惹きつけられた読者に、この世ならぬ地獄絵の世界が待ち構えているのだ。大学講師の目と心で叙述されたスタイルが、関係人物への親近感を強めるし、「赤毛のレドメイン」的な目くらましにもなっている。

著者の探偵小説的工夫が違和感とならないほど、ストーリーに融けこんでいるので、つぎつぎに眼前に供せられる謎に対して、「如法闇夜」の歎きを覚えるに相違ない。そしてすべての謎が解けた暁、二重三重の驚きを改めてくり返す他はない。耽美趣味と謎解きを見事にからませた本編は、金田一シリーズとはまた異なった贈物として、読者を喜ばせずにはおかないはずである。

「孔雀屛風」は昭和十五年二月号の「新青年」に発表された。戦局の拡大につれて、探偵小説の執筆は窮屈になったが、戦意昂揚小説の氾濫している中で、哀艶きわまりない筆を進めたのが本編である。

さすがに時局にあわせて、戦地から来た手紙が謎の発端になっており、海山を隔てた戦場の体験が感応するという奇蹟まで説かれている。

ともかく眼前にある写真一葉の起した霊感は、百数十年前に遡る謎を孕んでいる。結ばなかった恋のため、恋人同士が相手の姿を描いた部分を分け持った屛風に、宝探しまで加わって欲張っているように見える。だがそれより先代の叶えられなかった恋情が、子孫にも遺伝感応するという伝奇的設定が、深い感興を唆《そそ》らずにはおかない。

本文中には、乞食、山窩、不具者、気狂い、白痴、唖など、今日の人権擁護の見地に照らして不当・不適切と思われる語句や表現がありますが、作品発表時の時代的背景を考え合わせ、また著者が故人であるという事情に鑑み、底本のままとしました。

本書の刊行にあたっては、『真珠郎』（角川文庫）を底本とし、『横溝正史全集〈1〉真珠郎』（講談社）を参考にしました。

真珠郎《しんじゆろう》

横溝正史《よこみぞせいし》

昭和49年 10月20日　初版発行
平成30年 5月25日　改版初版発行
平成31年 3月5日　改版再版発行

発行者●郡司 聡

発行●株式会社KADOKAWA
〒102-8177　東京都千代田区富士見2-13-3
電話 0570-002-301（ナビダイヤル）

角川文庫 20941

印刷所●株式会社暁印刷　製本所●株式会社ビルディング・ブックセンター

表紙画●和田三造

ISBN978-4-04-107017-8　C0193

角川文庫発刊に際して

角川源義

第二次世界大戦の敗北は、軍事力の敗北であった以上に、私たちの若い文化力の敗退であった。私たちの文化が戦争に対して如何に無力であり、単なるあだ花に過ぎなかったかを、私たちは身を以て体験し痛感した。西洋近代文化の摂取にとって、明治以後八十年の歳月は決して短かすぎたとは言えない。にもかかわらず、近代文化の伝統を確立し、自由な批判と柔軟な良識に富む文化層として自らを形成することに私たちは失敗して来た。そしてこれは、各層への文化の普及滲透を任務とする出版人の責任でもあった。

一九四五年以来、私たちは再び振出しに戻り、第一歩から踏み出すことを余儀なくされた。これは大きな不幸ではあるが、反面、これまでの混沌・未熟・歪曲の中にあった我が国の文化に秩序と確たる基礎を齎らすためには絶好の機会でもある。角川書店は、このような祖国の文化的危機にあたり、微力をも顧みず再建の礎石たるべき抱負と決意とをもって出発したが、ここに創立以来の念願を果すべく角川文庫を発刊する。これまで刊行されたあらゆる全集叢書文庫類の長所と短所とを検討し、古今東西の不朽の典籍を、良心的編集のもとに、廉価に、そして書架にふさわしい美本として、多くのひとびとに提供しようとする。しかし私たちは徒らに百科全書的な知識のジレッタントを作ることを目的とせず、あくまで祖国の文化に秩序と再建への道を示し、この文庫を角川書店の栄ある事業として、今後永久に継続発展せしめ、学芸と教養との殿堂として大成せんことを期したい。多くの読書子の愛情ある忠言と支持とによって、この希望と抱負とを完遂せしめられんことを願う。

一九四九年五月三日

角川文庫ベストセラー

髑髏検校　横溝正史

金田一耕助ファイル1
八つ墓村　横溝正史

金田一耕助ファイル2
本陣殺人事件　横溝正史

金田一耕助ファイル3
獄門島　横溝正史

金田一耕助ファイル4
悪魔が来りて笛を吹く　横溝正史

江戸時代。豊漁ににぎわう房州白浜で、一頭の鯨の腹からフラスコに入った長い書状が出てきた。これこそ、後に江戸中を恐怖のどん底に陥れた、あの怪事件の前触れであった……横溝初期のあやかし時代小説！

鳥取と岡山の県境の村、かつて戦国の頃、三千両を携えた八人の武士がこの村に落ちのびた。欲に目が眩んだ村人たちは八人を惨殺。以来この村は八つ墓村と呼ばれ、怪異があいついだ……。

一柳家の当主賢蔵の婚礼を終えた深夜、人々は悲鳴と琴の音を聞いた。新床に血まみれの新郎新婦。枕元には、家宝の名琴〝おしどり〟が……。密室トリックに挑み、第一回探偵作家クラブ賞を受賞した名作。

瀬戸内海に浮かぶ獄門島。南北朝の時代、海賊が基地としていたこの島に、悪夢のような連続殺人事件が起こった。金田一耕助に託された遺言が及ぼす波紋とは？　芭蕉の俳句が殺人を暗示する⁉

毒殺事件の容疑者椿元子爵が失踪して以来、椿家に次々と惨劇が起こる。自殺他殺を交え七人の命が奪われた。悪魔の吹く嫋々たるフルートの音色を背景に、妖異な雰囲気とサスペンス！

角川文庫ベストセラー

幽霊男
金田一耕助ファイル10
横溝正史

湯を真っ赤に染めて死んでいる全裸の女。ブームに乗って大いに繁盛する、いかがわしいヌードクラブの三人の女が次々に惨殺された。それも金田一耕助や等々力警部の眼前で——！

首
金田一耕助ファイル11
横溝正史

滝の途中に突き出た獄門岩にちょこんと載せられた生首。まさに三百年前の事件を真似たかのような凄惨な村人殺害の真相を探る金田一耕助に挑戦するように、また岩の上に生首が……事件の裏の真実とは？

悪魔の手毬唄
金田一耕助ファイル12
横溝正史

岡山と兵庫の県境、四方を山に囲まれた鬼首村。この地に昔から伝わる手毬唄が、次々と奇怪な事件を引き起こす。数え唄の歌詞通りに人が死ぬのだ！　現場に残される不思議な暗号の意味は？

三つ首塔
金田一耕助ファイル13
横溝正史

華やかな還暦祝いの席が三重殺人現場に変わった！宮本音禰に課せられた謎の男との結婚を条件とした遺産相続。そのことが巻き起こす事件の裏には……本格推理とメロドラマの融合を試みた傑作！

七つの仮面
金田一耕助ファイル14
横溝正史

あたしが聖女？　娼婦になり下がり、殺人犯の烙印を押されたこのあたしが。でも聖女と呼ばれるにふさわしい時期もあった。上級生りん子に迫られて結んだ忌わしい関係が一生を狂わせたのだ——。

角川文庫ベストセラー

悪魔の寵児
金田一耕助ファイル15
横溝正史

胸をはだけ乳房をむき出し折り重なって発見された男女。既に女は息たえ白い肌には無気味な死斑が……情死を暗示する奇妙な挨拶状を遺して死んだ美しい人妻。これは不倫の恋の清算なのか？

悪魔の百唇譜
金田一耕助ファイル16
横溝正史

若い女と少年の死体が相次いで車のトランクから発見された。この連続殺人が未解決の男性歌手殺害事件の秘密に関連があるのを知った時、名探偵金田一耕助は激しい興奮に取りつかれた……。

仮面舞踏会
金田一耕助ファイル17
横溝正史

夏の軽井沢に殺人事件が起きた。被害者は映画女優・鳳三千代の三番目の夫。傍にマッチ棒が楔形文字のように折れて並んでいた。軽井沢に来ていた金田一耕助が早速解明に乗りだしたが……。

白と黒
金田一耕助ファイル18
横溝正史

平和そのものに見えた団地内に突如、怪文書が横行し始めた。プライバシーを暴露した陰険な内容に人々は戦慄！　金田一耕助が近代的な団地を舞台に活躍。新境地を開く野心作。

悪霊島　(上)(下)
金田一耕助ファイル19
横溝正史

あの島には悪霊がとりついている——額から血膿の吹き出した凄まじい形相の男は、そう呟いて息絶えた。尋ね人の仕事で岡山へ来た金田一耕助。絶海の孤島を舞台に妖美な世界を構築！

角川文庫ベストセラー

角川文庫ベストセラー

草枕・二百十日
夏目漱石

俗世間から逃れて美の世界を描こうとする青年画家が、山路を越えた温泉宿で美しい女を知り、胸中にその念願を成就する。「非人情」な低徊趣味を鮮明にした漱石の初期代表作『草枕』他、『二百十日』の2編。

人形佐七捕物帳傑作選
横溝正史
編／縄田一男

神田お玉が池に住む岡っ引きの人形佐七が江戸でおきたあらゆる事件を解き明かす！　時代小説評論家・縄田一男が全作品から厳選。冴えた謎解き、泣ける人情話……初めての読者にも読みやすい7編を集める。

横溝正史読本
編／小林信彦

名探偵・金田一耕助のモデルはどんな人物なのか？『獄門島』『八つ墓村』ほかのトリックはどのように思いついたか？　作家・小林信彦氏を相手に、巨匠みずからが主要作品の舞台裏を明かす！

私のこだわり人物伝
真山仁が語る横溝正史
横溝正史
真山仁

一億総自信喪失時代に陥っている今こそ、横溝正史が生み出した作品が必要とされている——。真山仁が熱く語る、アイデンティティ・クライシス時代の救世主としての横溝正史論。

夏しぐれ
時代小説アンソロジー
編／縄田一男
平岩弓枝、藤原緋沙子、諸田玲子、横溝正史、柴田錬三郎

夏の神事、二十六夜待で目白不動に籠もった俳諧師が死んだ。不審を覚えた東吾が探ると……。『御宿かわせみ』からの平岩弓枝作品や、藤原緋沙子、諸田玲子など、江戸の夏を彩る珠玉の時代小説アンソロジー！